名·家·推·荐·世·界·名·著

简·爱

[英]夏洛蒂·勃朗特◎著 陈庭文◎编译

The World Classic
Recommended Literature

北方妇女儿童出版社

图书在版编目(CIP)数据

简·爱/（英）勃朗特著；陈庭文编译．—长春：北方妇女儿童出版社，2014.2

（名家推荐世界名著）

ISBN 978-7-5385-7904-8

Ⅰ.①简… Ⅱ.①勃… ②陈… Ⅲ.①长篇小说－英国－近代－缩写 Ⅳ.①I561.44

中国版本图书馆CIP数据核字（2013）第272596号

名家推荐世界名著

简·爱

作　　者　[英] 夏洛蒂·勃朗特 著
编　　译　陈庭文
出 版 人　刘　刚
策　　划　师晓晖
责任编辑　于佳佳

开　　本　787mm×1092mm　1/16
字　　数　150千字
印　　张　14
版　　次　2014年2月第1版
印　　次　2014年2月第1次印刷

出　　版　北方妇女儿童出版社
发　　行　北方妇女儿童出版社
地　　址　长春市人民大街4646号
　　　　　邮　编：130021
电　　话　总编办：0431-85644803
　　　　　发行科：0431-85640624
网　　址　http://www.bfes.cn
印　　刷　北京京都六环印刷厂

ISBN 978-7-5385-7904-8　**定价：**15.80元

Introduction

原著者简介

夏洛蒂·勃朗特是一位19世纪的英国著名女作家，她于1816年出生在英国北部约克郡的桑恩顿小镇，是乡村牧师帕特里克·勃朗特的第三个孩子。五岁以前，夏洛蒂屡次遭受了亲人的离别之痛，她的弟弟、妹妹和母亲相继去世。等到八岁时，她与三个姐妹被送进柯恩桥慈善学校后不久，又有两姐妹因流行病离开人间。当她于1842年在布鲁塞尔半学半教时，爱上了自己的教师埃热先生，为了这段不可能有结果的恋情，夏洛蒂迟迟未嫁，在此期间，她一心想从事的办学计划也被迫搁浅。爱情与事业均受打击的夏洛蒂遂跟随艾米莉、安妮两姐妹共同转向了写作。

艾米莉的《呼啸山庄》与安妮的《艾格尼斯·格雷》完稿后相继签约，可是夏洛蒂的《教授》却意外落空了。一年之后，也就是1847年，她又用全部热情完成了带有强烈个人色彩的长篇小说《简·爱》。这部具有自传色彩的作品讲述了一位从小变成孤儿的英国女子在各种磨难中不断追求自由与尊严，最终获得幸福的故事。它抢在《呼啸山庄》与《艾格尼斯·格雷》之前出版，获得了极大成功，有人赞其是“一位伟大天才的杰作”，但更多人普遍认为是作者本人“诗意的生平写照”。《简·爱》如今已在世界文坛上盛行了160多年，被誉为集经典性与流行性于一体的世界文学名著中的代表作。夏洛蒂·勃朗特的其他作品还有《谢利》《维莱特》《教师》等，这几部作品均根据本人生活经历写成，都具有浓厚的感情色彩。

不过，在文学史上取得巨大成就的这位英国女作家，个人生活却总是差强人意。1854年6月，夏洛蒂·勃朗特与一位牧师结婚成家，但幸福的日子仅仅持续了半年多她就因病去逝，世界文学史上的一颗耀眼新星就此陨落。

导读

夏洛蒂·勃朗特的《简·爱》是一本可以让人从小读到大的文学名著，只不过年少时和大了以后读的感受有所不同，而且阅读的角度也会有所不同。这个道理很简单，有的文学名著需要人生的阅历和人生的经验来提供阅读和理解上的帮助，而《简·爱》就是这样的一本书。

很多女读者都被《简·爱》感动过，流过泪。她们长大以后在回忆自己阅读印象深刻的一本书时，很多人会不约而同地提到《简·爱》这本书。男读者和女读者阅读的感受不同，因为《简·爱》中所描述的男女主人公的地位是不平等的。男的处于优越地位，女的处在卑微的地位。他们的故事会影响不同性别的读者。所以说，被感动者大多数是女性。

作品中写的简·爱是一个灰姑娘的人生经历。她出身卑微，家境贫寒，给罗切斯特家做家庭教师。一方面，她追求自己的幸福，不甘心命运的安排；另一方面，她又在捍卫自己的人格和尊严。这个故事，可以说是一个灰姑娘的奋斗史。她在追求一个基本的权利：平等。

这本小说带有自传性质，差不多是夏洛蒂·勃朗特真实的人生经历。其实，它颂扬的是一种女性自立自强的精神。无论怎么看，它都有强烈的现实意义。

安武林

目录

Contents

第一章

盖兹海德府的十四岁暴君

冬日的天气总是反复无常，早上还慵懒无云，午后就刮起了阵阵凛冽的寒风，带来透彻心骨的冷雨。要想出去散步看来是不可能啦。我心里这样想着，反倒有些高兴，因为我一向害怕阴冷的天气，害怕散步归来会冻僵手脚，更害怕因此而遭到里德太太一家的恶毒打骂，还有保姆白茜的责怪。

里德先生早在九年前去世了，留下这座盖兹海德府，里德太太和三个孩子伊丽莎、约翰和乔奇安娜住在这里。此时，他们正在客厅围着坐在炉火边沙发上的妈妈，兴高采烈地说着什么，看上去温馨而快乐。而作为这个家庭寄养者的我，根本不可能享受这种好似天堂里才有的待遇。

不过，我也会想方设法寻找自己的乐趣。客厅隔壁是间小小的早餐室，一侧有个书架，那里藏着我在盖兹海德府里不多的快乐。现在，我就悄悄溜了进去，在书架上特意挑出本带很多插图的书，然后很灵巧地爬上窗台，缩起双脚，像土耳其人那样盘腿坐好，再将红窗帘拉得差不多合拢后隐藏在这里。多么难得的片刻时光啊！既可以避免阴冷雨天的侵袭，又不用遭受里德一家的干扰和打骂，这简直是我最快乐的时光啦。

从书架上挑来的是本比维克的《英国禽鸟史》，里面的每页插图都讲述了一个故事，有栖息的海鸟、孤寂的海岸，有冷清的墓地、停泊的船只，还有抓住窃贼背上包裹的魔鬼与高坐在岩石上的黑色怪物……这些故事虽然让我觉得神奇诡异但也十分有趣，哦！有的内容太可怕了！我赶紧翻过去。

突然，早餐室的门猛地被打开，“嘿！忧郁小姐！”是约翰·里德喊我的声音！我感到身体发抖，赶紧缩缩脚，默默祈祷着千万不要让他发现我。

“见鬼！她上哪儿去了？”里德接着喊道，“丽茜！乔奇！（他两个姐妹的昵称）她不在这儿，快告诉妈妈，她肯定是跑到外面雨地里去了，这个坏东西！”

我刚庆幸自己拉上了窗帘，就听到伊丽莎跑来的脚步声，知道自己完啦。果然，她刚一探头就尖叫起来：“她在窗台上呢，杰克（里德的昵称）！”

我赶紧跑出来，惴惴不安地问里德：“你有什么事吗？”

“你应该说‘你有什么事吗，里德少爷？’”他气呼呼地回答，“现在，我要你过来。”里德边说边拽过张椅子坐下。

里德是个十四岁的学生，吃饭时总是狼吞虎咽，结果导致肝火旺盛。虽然腿粗臂壮、高大肥胖，肤色却有些灰暗，很不健康。里德的老师迈尔斯先生断定，如果家里少给他送点儿糕饼甜食，准能让他身体恢复健康。可里德太太宁肯认为约翰是用功过度，或者是因为太想家才身体不舒适，将他接回家都一两个月了，说是“因为身体不好”。

里德和他的母亲、姐妹都对我怀有厌恶感。尤其是这个凶神恶煞的少爷，他每天都要欺负我，常常当众狠狠打我、骂我，我非常害怕却无处申诉，因为仆人们都不愿意为了帮助我而得罪小主人，里德太太更是视若无睹。

可能是我对约翰顺从惯了吧，听到他这么说，我只有乖乖走近前去。他朝我足足伸了三分钟的舌头，我心里恐惧得要命，定定地打量着眼前人那副丑陋、可恶的嘴脸。突然，里德狠狠地打了我一拳，我一个踉跄差点儿倒地！

他开始恶毒地谩骂我：“这是对你的教训，谁叫你鬼鬼祟祟躲到窗帘后面，谁叫你两分钟之前眼光里露出那副鬼样子，你这只耗子！”我不敢回嘴，只在心里想着怎么挨过谩骂之后的这顿毒打。

他一把抢过我的书，狂怒的吼声劈头盖脸砸来：“你没有资格动我们的书！你爸爸什么也没留给你！你靠别人养活，你应当去讨饭，不该同我们这样体面人家的孩子一起过日子，穿我妈妈掏钱买的衣服。这些书都是我的，连整座房子都是，或者说过几年就都归我了。滚！你这只耗子！站到门边去，别挨着镜子和窗户！”

我挪动脚步移到门边，这时里德一扬手用那本书准确地砸中了我！我跌倒在地，头撞在门上，被磕破的头不断渗出鲜血，我伸手一抹，竟沾得满手都是！

一股抵抗情绪迅速在我胸腔中高涨起来，我尖厉的声音刹那响起：“你这个狠毒的孩子！你简直像个杀人犯，你是奴隶监工！”

大概是从未受过如此顶撞，里德气急败坏地招呼着一旁的姐妹：“那是她说的吗？伊丽莎、乔奇安娜，你们可听见她说了？我会不去告诉妈妈吗？不过我得先——”

他如暴君般向我扑过来，抓住我的头发和肩膀，一两滴鲜红的血液顺着我的脖颈流下。杀人犯！我心中狂怒地喊着，难以忍受的剧痛瞬间压倒了心中的恐惧，我忘记自己比他整整小四岁，拼命与他扭打起来。曾经堆积起来的愤恨与恐惧、反抗与忍受都在这一刻痛痛快快爆发！我只听到那个外强中干的对手杀猪似的号叫着：“耗子！耗子！”

伊丽莎和乔奇安娜早已奔出去搬救兵，里德太太跑上来，后面还跟着白茜和女佣阿葆特。

我听到她们的声音，“哎呀！这么撒泼，竟敢打约翰少爷！”“谁见过有这么坏脾气的！”里德太太命令道：“把她拖到红房子关起来！”立刻，就有两双手一把将我揪起，猛劲往楼上拖去。

第二章

红房子事件

我一路用力反抗着，这愈发引起了白茜和阿葆特小姐的厌恶。我也觉得自己当时确实有点儿失常，就像法国人所说的那样不能自制，但转而又想，无论什么样的反抗都会遭到难以想象的严厉惩罚，所以，我就决定豁出去了！

“抓紧她的胳膊，阿葆特小姐，她简直就像只疯猫！”

“真不害臊，”她们在嚷嚷，“你竟然动手打了你恩人的儿子——你的小主人！”

“主人？他怎么是我的主人？难道我是仆人吗？”

“当然不是！你连仆人还比不上哩！因为你白吃白住不干活儿，光靠别人来养活。得啦，坐下吧，好好反思反思你那臭脾气吧。”

进入里德太太说的红房子，她们把我按在凳子上，可我立刻像弹簧似的蹦了起来，很快那两双手又紧紧抓了过来：“你要是还不肯乖乖就范，就绑起来！”白茜说，“阿葆特小姐，借你的吊袜带用用，我的那副会被她一下挣断的。”

阿葆特小姐开始解她腿上那条带子，这使我有点儿害怕，刚才的愤怒也有些消缓。

“别解啦，我不动就是了。”我边喊边抓紧了凳子。

白茜盯了我好一会儿，确信我真的安静下来才松开，她和阿葆特小姐板起脸，上上下下打量着我。

“她以前从来没这样过。”白茜说。

“可她那小心眼本来就是这样的，”阿葆特回答，“太太也说她诡计多端，我就没见过这么小的女孩竟会这么狡猾。”

白茜转过脸来，冲着我：“你得放明白点，简小姐，是里德太太管你吃管你住，你要是还惹她生气，就会被撵走，撵到贫民院啦。”

我听惯了这种话，从小到大就活在这种指责中，它让人痛苦又使人明白处境。阿葆特小姐也说：“简小姐，你和里德小姐、里德少爷不是一类人，他们将来会有很多钱，可你一个子儿也分不到。你应该学会顺应，学会低声下气地顺应他们，这才是你应该做的。”

白茜的口气温和多了：“我们跟你这样说，完全是为你好。你要是能讨他们喜欢，也许还能在这里待一阵，要是还这样粗暴无礼，里德太太肯定会把你撵出去的。”

我虽然才10岁，但也明白她们说的都是肺腑之言。难道，我能无视里德太太与孩子们的恶行吗？我呆呆地坐在凳子上，什么也不愿想，刚才的一番折腾已耗尽了力气。两位女仆对视一眼，关紧门走了。

过了好一会儿，我才试着活动活动身体，开始细细打量起这间红房子。红房子是备用卧室，里德先生生前就住在红房子里，他在这里离别人世，灵堂也设在此屋。从殡仪馆的人抬走他的那天起，红房子似乎就笼罩着一种厚重的哀伤，一种庄严的神圣。正因如此，这间屋子虽然奢华堂皇，却异常冷落沉寂。即使偶尔有许多客人前往盖兹海德府而不得不动用多套房间时，也不会有人在这间红房子里面过夜。

这间红房子由于少有人来，所以很少生火，再加上远离儿童室、厨房，平时也显得很静。女仆每个星期六会进来擦拭一下积灰，里德太太本人则会隔很久才进来一次，她或许是来查看藏在某个秘密角落里的各种羊皮纸文书契约、古老的首饰盒，还有亡夫的遗像什么的。

我轻轻走到门边，试着推了推，天哪！她们竟真把门锁死了！我失望地走回屋子，当我经过镜子前，不由自主地探究起那里面的另一个我——在冷漠阴暗的背景前站着的小家伙是谁？苍白的脸庞与胳膊，一头乱糟糟的头发，两只惊惶发亮的眼睛在不停转动……“这家伙就像一个半神半妖的小鬼。”我在心里暗自思忖，马上联想到白茜曾在晚上讲的幽灵故事。沉沉死寂中，为了抵挡住这种可怕的鬼怪联想，我迫使自己回顾刚才的惨痛经历。

里德的残暴专横、两位小姐的傲慢冷漠、里德太太的憎恶鄙弃、女仆们的偏心……种种思绪在我的头脑里翻涌着、纠结着，让我痛苦不堪，让我难以隐忍！为什么我竭力想赢得别人的好感却总是白费力气？为什么我总是被人折磨、欺负，总是承受打骂呢？伊丽莎那么自私、任性，乔奇安娜刻薄恶毒、蛮横无理，还有那个约翰，是盖兹海德府里公认的“心肝宝贝”，就算他犯了天大的错，也不会有人去指责，更不会受到惩罚！而我哪怕是安安静静看本书，也会无缘由地遭到一顿毒打！

“不公平——不公平啊！”我的理智这样告诉我，我所经受的种种磨难也在怂恿我：干脆逃跑吧，万一逃不出，索性不吃不喝，一死了之！

雨点噼里啪啦不停地敲打着窗玻璃，风也肆意地呼啸着。时过四点，外面的光线已经很暗了。我的勇气消磨殆尽，自卑、沮丧与绝望像酷寒的冰水瞬间将我淹没，我真的想死！里德先生不就葬在墓穴里吗？我蓦然想起这位亲舅舅，是他在父母双亡后好心地收养了我，在临终时还要求里德太太一定要像对待亲生儿女那样把我抚养成人。哦，我的舅舅！你要是现在还活着，一定会待我很好！

我又看向镜子，想起以前听说的关于死人的事。据说，如果有人违背死人的遗愿，那么，死人逝去的亡灵会不得安息，他会重返人间惩罚那个违背的人！里德先生会返回人间吗？会在惩罚里德太太之前来看我吗？

我被自己的念头吓坏了！为了抛开这些惊恐而杂乱的想法，我向四周张望着。突然，一道亮光射在墙上！是窗帘里透进的月光？不对，月光不会动，这道亮光怎么在渐渐移动？我死死地盯着它，它转而跑到了天花板上，正好在我头上方乱晃起来。

我顿时乱了心智，以为是阴间鬼魂即将出现的征兆。极度的恐惧让我耳朵里全是奇怪的嗡嗡声，胸部感到憋闷得喘不过气。我一步冲到门边，使出全身的力气，拼命摇动着门锁。

过道里传来纷杂的跑步声，紧接着是钥匙转动声，白茜和阿葆特走了进来。

“多可怕的声音！简直要把我震聋啦！”阿葆特嚷嚷着。

“简小姐，你怎么了？病了吗？”白茜问。

“我看到亮光！一道亮光！那是鬼，鬼就要来啦！放我出去！我要去儿童室。”我努力却只能小声嘶喊着。

“我看她是故意嚷嚷。”阿葆特厌恶地说，“看她叫得多凶，我知道这是套鬼把戏，她就是要把我们都叫过来。”

“发生了什么事？”里德太太来了，她穿着睡袍，帽带飘动着，显然是被我的叫声惊醒，“阿葆特，白茜，我想我吩咐过了，让简·爱待在红房子里，直到我亲自过问。”

“可是简小姐可能被吓着了，太太。”好心的白茜回答道。我还来不及感激地看她一眼，里德太太又发话了：“让她去。”接着她稍稍移了移下巴颏，有些得意又有些胁迫地对我说：“小东西，我最讨厌小孩子耍花招，你那套鬼把戏不管用。现在罚你在这里多待一个小时，等你老老实实、服服帖帖了，我才会放你出去。”

“哦，舅妈！”我绝望地大哭起来，嘶哑的声音是那么惹人悲怜，“可怜可怜我吧，饶恕我吧！我实在受不了啦，用别的办法惩罚我吧！这会要了我的命！”

“闭嘴！你真让人讨厌透了！”

我伤心到了极点，疯了似的痛嚎起来。这更让她无比厌烦，待白茜和阿葆特退出后，里德太太猛地将我往后一推，重新锁死门，就像是急于摆脱什么肮脏东西似的匆匆离去了。

她走后不久，我就失去了知觉，沉沉地昏倒在阴暗、冷寂的红房子里。

第三章

劳埃德先生的建议

不知道过了多久，我感觉好像有人正将我轻柔而缓慢地扶起来。好长时间没有享受到这种温暖了，真想多靠一会儿。五分钟后，我彻底清醒过来，发现我正躺在自己的小床上。已经是晚上了，桌上点着蜡烛，白茜端着脸盆站在旁边，一位陌生的先生坐在床头的椅子上，俯身望着我。

是劳埃德先生，他是位药剂师，有时盖兹海德府里的仆人生病，里德太太就会请他来，若是她自己和孩子们生病的话，则会请另一位真正的医生。

“瞧，我是谁？”劳埃德先生友好地同我打招呼，我高兴地回应了他。因为我知道当府里有外人来时，至少在一段时间里我的安全会有保障。

劳埃德先生轻轻摸了摸我的小脸，同白茜交代了几句，说好明天再来后就走了。安全如此短暂，真有点儿意想不到，我的心又沉了下去。

白茜大概看出了我的郁闷，关切地问：“你想睡了吗？简小姐？你想吃点儿什么或喝点儿什么吗？”

几乎不敢相信刚才还粗声大气的她竟会如此温柔，“不啦，谢谢你，白茜。”

“那我去睡了，已经过了十二点，夜里你要是需要什么，可以随时叫我。”

太让人吃惊了！怎么会这么有礼貌。我鼓起勇气问道：“白茜，我怎么了？是病了吗？”

“你在红房子里病了，不过，别担心，很快就会好起来的。”

白茜休息去了，近旁的仆人房里传来她的声音："萨拉，来跟我睡吧，今晚说什么我也不敢自己陪那可怜的孩子，说不定她会死掉的，你要是看到她哭的样子，会觉得太太实在太狠心啦。"声音很快消失，她们可能睡着了，我瞪着眼在可怕的清醒中度过了漫漫长夜。

第二天将近中午时分我才起床，裹着一条披巾坐在儿童室的壁炉旁。里德一家都乘马车出门了，阿葆特在另一间屋子做针线活，白茜正在收拾玩具，不时跟我说上一两句体贴话。我感觉全身无力，那种来自心灵的痛楚变成一颗颗晶莹泪珠滑落面庞，饱受摧残的精神好像时刻都能死去。哦，为什么我这般憔悴，这般无精打采呢？

白茜看出我的不寻常，她去楼下厨房端回一个用鲜艳瓷盘装着的馅饼。那曾经是我很喜欢的瓷盘，可是现在，它连同美味的馅饼一起被冷落。白茜又问我是不是想看书？这句话像针兴奋剂，我立刻央求她去书房拿本《格列佛游记》，它是我的心爱之物，可今天放到手上时，我却觉得怪诞而乏味，晶莹的泪水仍在我的脸上恣意流淌，我那孤寂的心灵啊，怎样才能重现活力？

一阵门铃响，劳埃德先生来了。他看到我在流泪："你在哭，简小姐，能告诉我这是为什么吗？"

"我想她准是为了没能和太太一起坐马车才哭的。"白茜插嘴道。

我立即反驳她："我从来都没为这种事哭过，我最讨厌坐马车出去了，我是因为自己的不幸才哭的。"

劳埃德先生听到这里有些困惑，俯下身子定定地看着我。那双小而灰色的眼睛在我看来非常犀利，那张并不好看的面庞此时也显得和蔼可亲，哦！我是多么希望有这样一个人关心我、爱护我啊。

"你昨天怎么会病呢？"劳埃德先生发话了。

"她是摔倒的。"白茜又来插话。

"不，是被人打倒的！"我几乎要喊了起来，他们两人显然都被惊住。

"叮当！叮当！"仆人们吃饭的铃声突然响起，盖兹海德府一向严格执行准时吃饭的制度，铃声就像命令，仆人们根本没有理由违抗。

白茜出去后，劳埃德先生走近我：“好吧，小宝贝，你告诉我，如果生病不是因为摔倒，那会是因为什么呢？”

“我被关到一间有鬼的红房子里，里德先生就死在那里！他们把我一个人关到天黑，连支蜡烛也不点，太狠心了！这让我一辈子也无法忘记！而且不仅仅是这些，还有别的事情。”

“有鬼？”劳埃德先生皱皱眉头，有点儿无奈，“你这个孩子，别瞎说，哪儿有鬼。别的事情能说给我听听吗？”

眼前的劳埃德先生是多么慈爱啊，他那温存的语调、心甘情愿倾听的态度都让我无法拒绝。我稍稍停顿了一下说：“首先，我没有父母，也没有兄弟姐妹。”

“可是你有一位慈祥的舅妈，还有表兄表姐呀。”

“表兄打倒我，舅妈把我关进黑暗的红房子！他们不是我的亲人，这不是我的家！”我几乎是咬牙切齿地在喊。

劳埃德先生掏出鼻烟盒，想想又放进背心口袋里。停了有十几秒吧，他才缓缓问道：“除了里德太太外，你还有别的亲人吗？”

“我不知道，先生。有一次，我问过里德舅妈，她说我可能还有几个姓爱的穷亲戚，不过好像她也不了解详细情况。”

“要是真有这样的穷亲戚，你愿意去他们那儿吗？”

劳埃德先生的这个问题有些难度。贫穷在孩子的眼里，大抵是和破衣烂衫、缺吃少穿、举止粗俗紧密联系在一起的，它代表堕落，代表无药可救。而孩子向往的是什么呢？是无忧的童年，是良好的教育，是长大后绅士与淑女的优雅言行，是高高在上的贵族气质。

想到这里，我断然回答：“不，先生，我不愿做穷人。”

好心的药剂师来回踱着步子，突然问道：“那你愿意进学校吗？”

我那时还不大清楚学校是什么。听白茜说，好像学校里的年轻小姐们都言谈文雅、举止文明，她们能写会画、能歌善舞，甚至还会纺织漂亮的钱袋，翻译难懂的法文书，那儿似乎是个让人羡慕的地方。何况，离开盖兹海德府，不正是我梦寐以求的吗？

我的小脑袋将这个问题细细想了好几分钟，终于给出一个答案：

“先生，我当然愿意进学校。”

“好吧，这孩子是该换换空气、换换环境了。”劳埃德先生似在自言自语。

这时一阵马蹄得得，还夹杂着车轮轧过石子路的声音，白茜也吃完饭走入房中。劳埃德先生礼貌地请求道：“是你家太太回来了吧？如果走前能跟她聊聊，我会深感荣幸。”

虽然劳埃德先生没有给我承诺，但刚才的一席谈话仍激起了我美好的幻想，我是多么渴望离开这个牢狱般的盖兹海德府啊！

几天后的一个夜晚，我躺在床上，白茜和阿葆特以为我睡着了，闲聊起来。阿葆特说：“我想太太一定巴不得摆脱这个坏脾气的讨厌孩子哩。她老盯着每个人，就好像想在暗地里搞阴谋似的。”

阿葆特之所以会这样讲，我确信劳埃德先生已经向里德太太提过建议，也正是从她们接下来的谈话中，我第一次知道了父母的遭遇：父亲是个穷牧师，出身富家的母亲因为执意和他结婚，引起家人的不满，外祖父气得甚至和她断绝了父女关系，一分钱遗产也没给她。父母结婚一年后，斑疹伤寒袭击了他们所在的城市，两人不久后就相继去世了。

父母的不幸遭遇让我的满怀憧憬增添了苦涩的味道，但即使如此，我仍然等待着好消息会在某天不期而至。

第四章

也许他能带我离开

几天、几个星期过去了，少年暴君在我头上留下的伤口已完全愈合，但那让我朝思暮想的事却没了下文，劳埃德先生给我的希望像黑夜里一道微弱的光亮，在渐渐消逝。

经过这次事件后，里德太太对我的痛恨无以言表，我被她整天关在儿童室里，独自吃饭，独睡一屋，每次她看我时眼中都流露出一种比以前更难以克制的深恶痛绝。

约翰在遭到上次的疯狂反击后变得很识时务。有一次他想要教训我，我立刻转过身与他针锋相对，他一看顿时吓破了胆，匆匆地逃到他妈妈那哭哭啼啼地告状。里德太太厉声喝止他："别跟我说起她，约翰。我对你说过，叫你不要走近她，她不值得我们与她有来往。"听到这里，我立即从楼梯栏杆上扑了出来，大声喊道："你们才不配跟我来往哩。"

肥胖臃肿的里德太太像阵旋风似的刮了过来，三步两步就把我拖进儿童室，猛地按在了床沿上："我看你还敢不敢从床上爬起来，看你还敢不敢再说一个字！"

"要是我里德舅舅还活着，看你怎么跟他交代！"我几乎是条件反射般说出这句话来。

"什么？你说什么？"她两手霎时松开，两眼直瞪瞪地死盯着我，恐惧、冷漠、强自镇定都在眼睛里闪现。"里德舅舅就在天上，不管你想什么做什么，他全能看见，我爸爸妈妈也能看见！他们肯定知道你把我整天关起来，还巴不得我早点儿死掉！"

"啪！"她狠狠抽了我一记耳光，抓住我幼小的双肩死命摇晃，直摇得气喘吁吁才气势汹汹地走了。

十一月、十二月和半个一月都过去了，盖兹海德府里的主人们度过了欢快的圣诞节和新年。我在冷清寂寞的儿童室里过了一天又一天，能让我感到片刻温暖的只有两样，一是每日每夜躺我怀里的、脏得像小叫花子似的玩具娃娃，二就是白茜，她总在我被人遗忘时，捎来一个小甜面包、一块奶酪饼什么的，静静地坐在床边看我乖乖吃，在盖兹海德府里，我比较喜欢的就是白茜了。

一月十五日上午九点钟左右，我正对着窗上的霜花不停呵气，霜花渐渐消融，可以清楚看到一辆马车刚刚停在盖兹海德府门前。就在我聚精会神地准备拈起点儿面包屑试图给窗外的小鸟喂食时，白茜一阵风似的卷了进来，命令道："简小姐，快把围裙解掉，把小手小脸洗干净，有人在早餐室等你呢。"

会是什么人呢？我疑惑地低垂着眼睑走进早餐室，恭恭敬敬地行了个屈膝礼，抬头一看，一位黑柱子似的男人立在面前！他穿着一身黑衣服，顶着张严峻刻板的脸，嘴里的龅牙更让人心惊胆战！

里德太太说话了："布洛克尔赫斯特先生，这就是我向你提出申请的小姑娘，她十岁了。"

黑柱子男人稍稍低了低头，一双灰眼睛灼灼闪光，他的嗓音很低沉："个子这么小，你叫什么，小姑娘？"

"简·爱，先生。"我回答，当石像男人与我如此近距离时，我才发现，他脸上不止有龅牙，还有鼻子、嘴都太大啦。

"哦，简·爱，你是个好孩子吗？"

我没法回答。里德太太接过话头，意味深长地摇了摇头："布洛克尔赫斯特先生，我想我在三个星期前给你的信中就谈到，如果你肯把她收进劳渥德学校，对她严加看管，特别是提防她爱骗人这一最坏缺点的话，我会十分高兴。"

里德太太似乎恨不得让全世界都认为我是个狡诈险恶、骗人成性的孩子，当着陌生人说出这样的话，我对她还会有一丝感激之情吗？可我又如何为自己申辩？我竭力忍住哭泣，擦掉了脸庞上偷偷滑落的几滴泪水。

“在孩子身上，欺骗是一种可悲的缺点，”布洛克尔赫斯特先生说，“它近乎说谎，而所有说谎者，都会被丢进燃烧着硫黄烈火的湖里。里德太太，我会把这些告诉学校老师们，对她严加看管的。”

“我很赞成这样，”里德太太颇有些高兴，“就是找遍整个英国，也很难找到一个更适合像简·爱这样孩子待的学校了。坚忍，我亲爱的布洛克尔赫斯特先生，在一切事情上，我都主张要坚忍。”

“这请您放心，太太。凡是跟劳渥德学校有关的事物，都会遵循坚忍的本质：粗淡的伙食、朴素的衣着、简陋的设施，还有勤劳艰苦的习惯，这是学校和学校所有人的生活准则。”

“太好啦，这么说，你已经准许她进入劳渥德学校了，是吗？”

“当然，虽然我要过一两个星期才能回去，但我会先给谭波尔小姐捎个信，告诉她即将接收一个新的女孩儿。如果没有什么事，太太，那我就告辞了。”

布洛克尔赫斯特先生临走前不忘向我手里塞了本书，他说：“小姑娘，这里有本书，题目叫《儿童指南》，好好读读其中那篇《一个满口谎言、欺骗成性的淘气鬼——玛莎·吉的暴死经过》。”

我浑身一阵战栗，再一次感受到石像男人的冷酷无情，瞪视着送走他后，屋子骤然空旷起来。里德太太换副冰冷的口气命令道：“出去，回儿童室去。”

我艰难地朝门口一步步走去。她刚才与石像男人的谈话阵阵回响在耳旁，还有那本书、那个最后的警告在无情地折磨我。我要反抗！我要报复！我从门前又穿回这个房间，定定地站在里德太太面前，一字一顿地告诉她：“我要是会骗人，就会说我爱你。但我声明，我不爱你，除了约翰·里德，世界上我最恨的就是你了。这本写说谎者的书，你尽可以送给你的女儿乔奇安娜，因为爱说谎的是她，不是我。”

里德太太大概没想到我会回来，还会对她说出这种大为不敬的话，她像面对一个成年的仇人那样问我：“你还有什么要说的？”

“我很庆幸你不是我亲戚，今生今世我再也不会叫你舅妈了。长大了我也永远不会来看你，要是有人问起我你怎样待我，我会说，一想起你就使我讨厌，你对我冷酷到了可耻的地步。”

“简·爱，你怎么敢这样说话？”里德太太气得手脚都在哆嗦。

“因为这是事实！在这里我感受不到一点儿亲情，你对我没有丝毫的怜悯之心。人们都以为你是个好女人，其实你才长着一副铁石心肠，你才狠毒，你才骗人呢！”一口气说到这里，我那饱受禁锢的心灵感到无比的舒畅和喜悦，那是一种前所未有的自由感和胜利感！

里德太太从未见我如此，她惊慌地站起身，前后摇晃着，脸也在扭曲：“简，简！你全错了，相信我，我只想做你的朋友。”

“你会吗？不，你才不会！你对布洛克尔赫斯特先生说我品质恶劣、欺骗成性，那我就要让劳渥德所有的人都知道，你是什么样的人，干了些什么好事！”

“简，这些事你还不懂，好了，好了，回儿童室去吧。”

“我可不想回儿童室待着，你还是马上送我走吧，我讨厌住这儿！”

再次沉默几分钟后，里德太太无望地咕哝了句：“我是得早点儿把你送去学校了。”她走了。

我推开早餐室的玻璃门，斜倚在门上，看着眼前灰暗的天空、空旷的田野、飘落的树叶以及一切被严寒摧残过的世界。很快，我就从一个胜利者的狂喜与骄傲回落到自省者的沉默与孤寂，我扪心自问这样做是为什么？我恨人为何又要被人恨呢？

“简小姐，别待在那儿啦，快回来吃饭！”是白茜的声音，我寻声望去，白茜正沿着小路走过来。

我一动不动，直到她走到跟前。白茜有些责怪地说：“我叫你，你干吗不来？”

和里德太太大战一场取胜之后，我已经不在乎保姆的一时气话了，甚至还有点儿想让她与我一起分享胜利，我紧紧搂住这个在盖兹海德府里唯一喜欢的人，说道：“好啦，白茜，别骂我啦。”

这一大胆举动令她很吃惊，但她好像也很喜欢，她嗔怪道：“真是个淘气古怪的小家伙！简小姐，你就快要去学校了，要离开可怜的

白茜啦，你不难过吗？”

“白茜在乎我什么呢？她老是骂我。”

“谁叫你是那么一个古怪、胆小、怕难为情的小东西，你应该胆大一点儿。好啦，快进去吧。我还有个好消息要告诉你。太太、小姐和约翰少爷今天下午都出去用茶点了，你可以跟我一起吃茶点，我还会叫厨师烘一个小蛋糕，然后给你收拾箱子。太太想让你一两天内离开盖兹海德府，你可以把喜欢的玩具都带走。”

这确实是个好消息，不仅能离开这座豪华监狱，还能与白茜、我亲爱的朋友一起享受这个下午。

“简小姐，你要相信，我比其他人都要喜欢你。要是我偶然说话尖刻了些，你也别害怕，因为事情起因多半会让我很恼火。”

“可是你没有表现出来。”

“那么，你是乐意离开我了？”

“没有那回事，白茜，说真的，现在我心里有些难过。”

“有些？我的小姐，要是我想吻你一下，你是不是会说‘还是不要吧’？”

“我来吻你，而且我很乐意，把你的头低下来。”

白茜弯下了腰，我甜甜地吻了她。之后的整个下午确如她所说，我过得非常快乐、满足，她还给我唱了最动听的歌呢！原来我在盖兹海德府监狱般的生活中，也能享受到片刻的灿烂阳光呢。

第五章

劳渥德第一天

十九日清晨，还没到五点，我已经起床。洗完脸正穿衣服时，白茜进来了，她来带我吃早餐。当收拾停当拎着行李箱离开儿童室，经过里德太太房间时，白茜问："你要进去跟太太道别吗？"

"不了，白茜。昨天晚上她来到我床前，要我早上不用去叫醒她、叫醒我那些表哥表姐了。她还要我对别人说，她是最好的朋友，我应该心存感激。"

"那你怎么回答的呢？"

"我用被子蒙往脸，转身贴墙，根本没有理她。"

"这就不对了，简小姐。"

"不，白茜，我这样做有我的理由。那位太太从来就不是我的朋友，她是我的仇人！"

说完这句话，我们已穿过大厅走出了前门。转过身子看着面前这幢在尚未明朗的清晨里还显得黑黝黝的"监狱"，我几乎是发泄般地喊道："再见啦，盖兹海德！"

走到大门外已近六点，没多会儿，远处传来车轮声，一丝灯光在渐渐逼近，马车来了。我的小行李箱先被递了上去，接着，管车人又将我从白茜怀里拉走。"千万要照顾好她啊。"白茜大声喊着。"行，好啦，快走吧。"管车人匆匆答应着，马车开始颠颠簸簸地走远。就这样，我离开了盖兹海德府，匆匆赶往另一个陌生的、寄托我憧憬的未知世界。

暮色渐浓时，马车驶进了一片黑压压满是树木的山谷，我不知睡了多久，最终被停车的声音惊醒。车门打开，一位女士问道："车上有个叫简·爱的小姑娘吗？”我急忙应了声：“有。”我被抱下了马车，她接过箱子，带我走进夜色，走进不远处的几幢房屋。

这是一间客厅，屋里没有点蜡烛，壁炉里不停闪烁着火光，火光映照下，能看清墙壁上糊有壁纸，地毯上是闪闪发亮的红木家具，若论富丽堂皇，论宽敞明净，它当然远远比不上盖兹海德府，但这个屋子总体看起来还算温暖、舒适。

门外烛火微闪，一位举止端庄、面容严肃的高个女士端着蜡烛走进来，她细细端详着我说：“这孩子太小，真不该让她自己来。她看起来累坏了，睡觉前先让她吃点饭，米勒小姐。”她对那位领我进来的向导说。

在米勒小姐的带领下，我穿过走廊来到一间宽大屋子里。屋子两头分别摆有两张大木板桌，每张桌上都有支烛火明明灭灭地闪烁着，透过这片昏黄的烛火，我看到一群年龄不等、穿着褐色呢罩衫与麻布围裙的姑娘们围坐在桌旁念诵着什么。

米勒小姐示意我坐下，然后让各班班长把课本收起来放好，去端来晚饭托盘。那些高个儿姑娘走出去，很快每人端回一个大托盘。我好不容易才看清托盘里是张被分成好些块的薄薄燕麦饼，中间放有水壶和大杯子，燕麦饼每人一块，杯子是公用的，轮流喝水。

我太累了，勉强喝了几口水，那块饼我一动没动。吃完饭，米勒小姐念了祈祷文后，姑娘们两人一排上楼了。今晚我还没有分到床铺，是跟米勒小姐合睡的，一天的疲累让我连卧室都没有看清楚就匆匆躺下了。

当我被第一遍钟声敲醒时，其他人都已经起来了。天还没有破晓，屋里非常冷，我好不容易哆哆嗦嗦地穿好衣服，却要等到脸盆空出来才能洗脸，因为这里是六个姑娘合用一个脸盆。钟声再次敲响，我跟着那些姑娘们走进烛光昏暗的教室。

米勒小姐念完祈祷文后大喊一声：“分班！”立刻，屋里变得闹哄哄一片，几分钟后，当她再次高喊“安静”时，姑娘们已经规规矩矩围坐成四个半圆形，手里都捧着本书。四张大桌子上放着四本《圣经》，正对着四张空椅子。这时有三位女士走进来，一位皮肤较黑，脸色有些阴沉，但穿着很漂亮；另一位脸蛋儿稍红，看起来比较健壮；还有一位腰间用黄丝带系块手绢、模样有点儿像外国人的老太太，她们挨个儿占据了空椅子，米勒小姐则坐在第四张空椅上。我被安排在离门最近处，这里围坐着的都是年龄最小的孩子，也是最低的班级。

一天的功课就从现在开始了，先是背诵短祷文，然后是经文与《圣经》章节。当钟声敲响第四遍，早餐的时间到了。

饭厅是个光线很暗、空间很低的大房间，两张长桌子上放着几盆热气腾腾的东西，那味道实在难闻。先进去的几位高个儿姑娘不满地嘀咕道："粥又烧煳了！"我已经顾不得滋味如何，狼吞虎咽吃了几匙，当剧烈的饥饿感稍有缓和，我马上觉得那如同烂土豆味的煳粥在胃里翻江倒海。勉强压下去这种令人极度恶心的感觉后，我看到每个姑娘都放弃了继续进食，饭厅里弥散着一种不安的气氛。

我是最后一个离开饭厅的，我看到比较健壮的那位尝了尝煳粥，低声咕哝道："给人吃这种东西！简直太不像话了！"接下来在教室的一刻钟，姑娘们愤怒地痛骂这顿早餐，米勒小姐并没有压制，看得出来，她对此也深有同感。

"当当当"时钟敲过九下，上午课开始了。等姑娘们坐定后，我这才有机会好好打量一下她们。八十个姑娘不分年龄大小，头发一律平直地梳向脑后，全穿褐色高领衣服，颈部围着窄窄的领饰，外衣还系有小小的麻布袋，脚穿羊毛长袜和带铜扣的土制鞋子。她们中小的和我一样大，大的却有二十多个，都可以称作年轻妇女了。年龄相差如此之大的一群人，都是同样打扮，哪怕是最漂亮的姑娘，现在看上去也是怪模怪样的。

那几位老师没有一位是我真正喜欢的。黑皮肤的一脸凶相，健壮的那位有点儿粗俗，外国人模样的说话嗓门比较大，而米勒小姐呢，那位可怜的助理老师，因为操劳过度脸上写满了风霜，正当我为她发紫的脸色担忧时，所有的人突然同时站了起来，我顺着大家的眼光看去，没想到竟看到了昨晚那位同我说话的女子。

她就站在那头的壁炉旁边，身材挺拔修长，肤色干净明朗，长长睫毛下一双褐色的眼睛慈祥而温情，头发梳理成圆圆的卷发，是当时最流行的发式，衣服也是流行的款式，周围有一圈紫色镶黑丝绒的西班牙式饰边，一只金表在腰带上闪闪发光。我后来从她的签名上才知道这位美丽女子是劳渥德的学监玛丽亚·谭波尔小姐。

谭波尔小姐在桌子旁坐下，那上面摆有两个地球仪，她开始给姑娘们上地理课，接着又上音乐课，我多么希望她能给我上课啊，可是今天没有这个荣幸。待到上午课结束时，刚好十二点整。谭波尔小姐站起来："我有句话要跟同学们讲，今天的早餐你们都没吃，现在肯定饿坏了，我已经吩咐厨房给大家另外供应一份面包加干酪作点心。"

教室里静得能听到呼吸声，老师们都用一种惊异的眼神望着她，谭波尔小姐吐字清楚地又加了句："这件事情由我负责。"说罢就走了出去。姑娘们几乎要欢呼了！是啊，谁能不喜欢像谭波尔小姐这样美丽又善良的老师呢？我真为自己在童年生活中能碰到这样一位老师而深感庆幸。

吃完这顿意外的美餐后，所有的姑娘们都去了花园。我倚在廊柱上，看着门前的石匾。阵阵冷风钻过，我用灰色斗篷裹紧了身子，打量起眼前这座一半灰暗古旧、一半崭新明亮的建筑楼，我想起了盖兹海德府，那里的牢狱生活已渐渐远去，新环境却又是这般陌生、这般模糊不清，我想象不出以后将有什么样的日子，片片思绪飘忽着、游移着、支离破碎着……

"咳，咳。"一声咳嗽牵回了我的目光，转头望去，背后石凳上有位姑娘正在看书，我们的距离并不远，所以能看清那本书是《拉塞拉斯》。

我有点儿好奇，就走过去问她："你那本书有趣吗？"嘴上这样问着，我心里却在想哪天把它借来看看。

"我很喜欢它。"那位姑娘打量我后回答说。

"里面都说些什么呢？"我接着问，要知道，我此前从未如此大胆地主动与别人交流过，今天这种直面陌生人的勇气已让自己感到十

分吃惊。

“你可以看看。”她并不小气，把书递过来。

我快速翻阅起来，很遗憾，书里既找不到仙女也没有妖怪，好像没有什么丰富多彩的内容，把书还给她，我并不想就此了结，便接着问：“你能不能告诉我，门前的石匾上刻的字是什么意思吗？为什么叫‘劳渥德义塾’？它跟别的学校有什么不同吗？”

“就是你来寄宿的这所学校带点儿慈善味道，你、我以及所有其他人都是慈善学校的孩子。我猜想你也是个孤儿，你父亲或者母亲去世了吧？”

“在我能记事之前都去世了。”

“是呀，这里的姑娘们不是失去单亲，便是父母双亡，这儿就是教育孤儿的学校。”

“难道我们不用付钱吗？他们免费养育我们吗？”

“当然用，我们自己或者我们的朋友付给这里每年十五英镑。”

“石匾上写的内奥米 · 布洛克尔赫斯特是谁？”

“是建造大楼新区部分的太太，她儿子监督和指挥这里的一切，他是学校里的司库和总监。”

“这么说，这幢大楼不属于那位带金表的、给我们吃面包和干酪的高个子女士？”

“你是说谭波尔小姐？噢，不是，但愿是属于她的。她所做的一切都要向布洛克尔赫斯特先生负责，我们吃的、穿的都是布洛克尔赫斯特先生买的。”

“他住这里吗？他是个好人吗？”

“他住在离这儿两英里外的一个大庄园里。他是个牧师，据说做了很多好事。”

“你刚才说高个子女士是叫谭波尔小姐？其他老师叫什么？”

“是的。脸蛋红红的那个叫史密斯小姐，她管劳作，负责裁剪。那个头发黑黑的小个子叫作史凯契尔德小姐，她教历史、语法。那位戴披巾用黄缎带把一块手帕拴腰上的叫比埃洛夫人，她来自法国，教法语。”

“谭波尔小姐是最好的，对吗？”

“当然，她确实很好，很聪明，比其他人都强，因为她懂得的也最多。”

“你来这儿多久了？也是孤儿吗？在这儿过得愉快吗？”

“两年，我母亲死了。你问得也太多了，我回答得已经足够多了，现在可要看会儿书了。”

吃饭的时间到了，我和这位姑娘不得不结束谈话，走进饭厅。

午餐盛放在两只白色大铁桶里，铁桶里冒着臭肥肉味的蒸蒸热气，闻起来并不比早餐强多少，我能看出，它其实就是把烂土豆和变质肉片煮在一起的大杂烩。姑娘们都分得相当多，我勉强吃着，心里暗自纳闷儿，是不是每天的饭菜都是如此糟糕？

那天的下午课上到五点，其间发生了件不幸的事：与我交谈的那位姑娘被史凯契尔德小姐逐出历史课堂，罚站在大教室中间。我本以为，这种惩罚算得上是奇耻大辱，尤其是对看上去像十三岁大姑娘的她来说，肯定会感到非常羞愧而痛苦。但我错了，她既没哭泣也没脸红，众目睽睽之下，她紧盯着地板，神情严肃但十分镇定地站着，目光是那么平静，好像回到记忆里正直视自己的心扉，想着与惩罚无关的事。我猜不透这位姑娘到底应该归于哪一类，她是好姑娘还是坏姑娘呢？

下午课刚过，我们又吃了一餐，这回是一小杯咖啡和半片黑面包。我狼吞虎咽地吃完面包，喝光咖啡，却仍然觉得很饿。饭后，是半小时娱乐活动，接着是学习，再后就是那么一杯水加一个燕麦饼，祷告、上床，这就是我在劳渥德度过的第一天。

第六章

我的朋友海伦

真不幸，这天夜里刮起了东北风，刺骨的寒风无孔不入，即使将棉被、衣物统统盖上，我仍然冻得直打哆嗦。等第二天早上不得不钻出被窝时，姑娘们才发现水罐里已结了一层冰，根本没法洗脸。

我被编进第四班，还分配了正式的功课和作业。刚开始，因为不太习惯背诵，史密斯小姐便将布条、顶针、缝衣针等塞过来，把我安排在一个安静角落里做针线活。这样，我就可以看到史凯契尔德小姐讲英国史，那个在走廊里认识的姑娘也在上这堂课。

上课时那个姑娘还排在全班最前头，但不知为什么，不一会儿就被降到了最末尾。即使如此，史凯契尔德小姐似乎还不满意，仍在不断大声地呵斥她："彭斯，你偏着脚站在那儿，鞋帮都着地了，快把脚板伸正。""彭斯，你伸出个下巴，难看极了，快缩回去。""彭斯，你一定要把头挺直，不许你这样站在我面前。"……

这堂课讲完之后，史凯契尔德小姐开始对姑娘们提问，什么查理一世王朝，什么船舶吨税、造舰税等等问题，许多人都答不上来，但彭斯却能对答如流，她好像把整堂课的内容都记下来了。我想史凯契尔德小姐这回应该夸奖她了吧，但接下来的事实却出乎我意料，史凯契尔德小姐突然大声嚷嚷起来："彭斯，你真是个肮脏讨厌的家伙！今天早上你一定连指甲都没有洗！"

课堂里一片沉默，我对同样沉默的彭斯感到很奇怪："为什么不解释？水冻成了冰，所有的姑娘都没法洗脸洗指甲啊。"没等我听清史凯契尔德小姐接下来说的什么，史密斯小姐就打断了我的思路，边要我绷住线边问我会不会刺绣、缝纫之类的活计，等我再转过脸看向课堂时，却正见彭斯离开教室，从隔壁屋里拿回一束扎紧的枝条。

“这是要干什么？”一种不祥的感觉立刻涌上来。彭斯恭恭敬敬将捆扎的枝条递给史凯契尔德小姐后，默默地解开围裙，那位一脸凶相的老师当即挥动枝条狠狠地向她颈背抽去！

可怜的彭斯！我差点儿叫出声来，我真怕她痛得哭起来，可彭斯眼里却没有涌出一滴泪。“犟脾气的姑娘！你那邋遢习惯怎么也改不了，赶紧把笤帚拿走！”

彭斯默默照办了，当她再回到教室时，我发现她正悄悄将手绢放回口袋，脸上还留有一丝不明显的泪痕。

傍晚有一会儿游戏时间，我觉得这是劳渥德一天中最快乐的时光。五点钟吃下的那点面包和咖啡，虽说不能解饥但好歹也能使人恢复点生气。炉火这时候也比平时旺了很多，教室里暖和多了，在这样的黄昏里，虽然我还没有一个伙伴，但也不觉得孤单。窗外还是大雪纷飞，屋内却是欢声笑语，我跳过长凳钻过桌子，来到壁炉跟前，看到彭斯正跪在一旁，借着余烬的微光，聚精会神地在看书。

五分钟后，彭斯全部看完了。我高兴地一屁股坐在地板上问：“你姓彭斯，名字叫什么？从很远的地方来吗？”

“我叫海伦，从北部来，快到苏格兰边界了。”

“你一定想离开劳渥德吧？那个史凯契尔德小姐对你那么凶。”

“她不是凶，是严格，因为我的缺点实在让人讨厌。”

“缺点？什么缺点？我觉得你挺好的。”

“就像史凯契尔德小姐说的那样，我的确很邋遢，很少把东西收拾整齐或者保持清洁，经常在做功课时看闲书，我还粗心大意，做事没有条理，这确实让生来就爱干净、遵守时刻、一丝不苟的史凯契尔德小姐无法忍受，她很生气。”

“可她还暴躁残忍。”我补充道，不知道海伦·彭斯怎么想的，她没有回答。

“谭波尔小姐也像史凯契尔德小姐那样对你很凶吗？”我转了个话题。

“当然不。”一提到这个名字，海伦立刻温柔地笑了，“谭波尔小姐非常善良，不忍心严厉对待任何人，即使是学校里最差的学生。她看到我的错误，会温和地指出，要是我做了值得称赞的事情，她就慷慨地赞扬我。尽管我非常珍视这种赞扬，但因为自己本性太糟糕，还是不能让自己做事小心谨慎又周全。”

“要做到小心谨慎这还不容易吗？”我有些疑惑。

“对你说来很容易，早上我仔细观察了你上课时的情形，发现你非常专心，思想从不开小差。而我的思绪却总是飘忽不定，应该认真听史凯契尔德小姐讲课，应该用心把内容记住时，我常常连她说话的声音都听不见，只是一味陶醉在自己的梦境中，周围只有想象中的小溪潺潺声、落叶飘动声，于是轮到我回答问题就一无所知了。”

“可是你今天下午回答得很好呀。”

“那不过是碰巧罢了，正好我对那篇课文内容非常感兴趣。”

“在谭波尔小姐课上，你也会走神吗？”

“当然不会，谭波尔小姐总是能讲出新东西，她的语言风格我也特别喜欢，从她那儿得来的知识正是我所希望学到的。”

“这么说，你在谭波尔小姐面前一向表现得很好，是吗？”

“是的，不过那是被动的，我并没有因此而大费力气，所以这样的好也没有什么了不起。”

“当然了不起。人家对你好，你就对人家好，人家对你残暴不公，当然不能宽容顺从。要是碰到这种待遇，一定要狠狠回击，狠狠教训对方，这才是我一直想要做到的。”

海伦仔细看了我一眼说：“我想，等你长大时有些想法会改变的，你现在还是个没受过教育的小姑娘。”

“可我就是这么想的，海伦。”我坚持己见，“有些人，不管我怎样想讨他们欢心，他们还是会一个劲地讨厌我，对这种人我极度厌恶。还有些人，经常毫无道理地指责我、打骂我，我必须去反抗、去惩罚他们。这在我看来是很自然的事，正如有的人爱我，我就会爱她，或者是当我认为自己该受罚时，也会心甘情愿地去承受。”

“最能克服仇恨的并不是暴力，同样，最能医治创伤的也不是报复。《新约》里基督曾说过，你们的仇敌要爱他，诅咒你们的要为他祝福，恨你们、凌辱你们的要待他好。”

“照你这么讲，我就应该爱里德太太了？还要为她的儿子约翰祝福？我可办不到，绝对办不到。”

海伦 · 彭斯听到这里，自然要问我是怎么回事。于是，我立即向她倾诉了自己在盖兹海德府遭受过的种种不公平待遇，包括对里德太太和她的三个子女的印象描述，还有在心中积蓄已久的怨恨。经过长久压抑的愤懑情绪在此时突然释放，我顿时感觉心里无比舒畅。

我以为海伦听完后会说点儿感想什么的，可是等了好一会儿，她也没说话。我很不解，终于忍不住了，问道：“难道你还不认为里德太太是个冷酷无情的坏女人吗？”

海伦又是仔细而冷静地看了我一眼，顿了顿，一口气说道：“当然，她对你不好。她很不喜欢你的性格，这就像史凯契尔德小姐不喜欢我的性格一样。可是你对她的言行是多么耿耿于怀、刻骨铭心啊！要是你能忘掉她的严厉和她的无情，忘掉由此而引起的种种愤慨，那不是会过得更快活一些吗？生命太短暂了，不应该将它用来记仇与怀恨。我相信有一天，我们能摆脱腐朽的躯壳和罪过，纯洁得就像当初离开造物主给人以生命时一样，从哪儿来再回哪儿去，使永生成为一种安息、一个宏伟的家，而不是无边的恐惧和深渊。有了这个信念，我就不必为报复日夜操心，不必为堕落深恶痛绝，不必为不公平垂头丧气，我会平平静静地生活，等待着末日的来临。”

海伦说完最后这句话时，平日里耷拉的脑袋垂得更低了。我看得出来，她是不想再谈这个话题，而情愿跟自己的思想去交流。

第七章

登上耻辱台

劳渥德的第一个季度漫长而难熬。整整三个月，积雪将道路阻塞得无法通行，我们被困在高大的围墙里，刺骨的寒风肆意侵袭着围墙里的弱小生命。我的手脚全长满了冻疮，火辣辣的疼痛，但到了早上，又得把肿痛僵硬的脚趾硬塞进鞋子里，那种难熬几乎让我发狂。

更让人吃尽苦头的是，虽然我们这班发育中的孩子食欲正旺，可那每天少得可怜的食物还不够一个虚弱的病人维持生命呢。这就致使一些可恶的大姑娘来抢夺弱小者的食物，我也不能例外。最糟糕的一次是：我把那片珍贵的黑面包分给两个勒索者后，又不得不将咖啡也分出一半给第三个勒索者，最后，自己只能偷偷伴着眼泪咽下那残剩的半杯咖啡。

严寒的日子、匮乏的食物无时无刻不在影响着我们身体的正常发育，但这些艰苦与困窘仍不能与我心理、心灵上遭受的巨大创痛相比。

我来到劳渥德的第三个星期，有天正在教室里做一道难解的数学题时，突然瞥见窗外一个黑色身影闪过。那身影我并不熟悉但印象太深刻了，正是在盖茨海德府里出现过的黑柱子！

布洛克尔赫斯特先生快步走了进来，与谭波尔小姐低声耳语着。其实我一直很害怕见到他，害怕里德太太的恶意中伤会被这个冷酷无情的人带到新环境里，我还想起他送的那本书，害怕自己成为书中可怜的孩子。我内心深处，其实一直在担心他的到来。而现在，这个“随时会来的人”终于来了，那么，他会告诉谭波尔小姐关于我的过往还有我的秘密吗？

我装作若无其事实则是竖起耳朵注意听着，他们的谈话内容暂时打消了我的眼前忧虑。布洛克尔赫斯特先生说："谭波尔小姐，洗衣女工告诉我，有些姑娘一周换两次领饰，这太多了，按规定她们只能换一次。"

"我想这件事我可以解释一下，先生。上星期四，艾格妮丝和凯瑟琳应朋友邀请去洛顿参加茶会，所以我允许她们在这种场合换上干净的领饰。"

"好吧。偶尔一次也就算了，不过，请不要让这样的事经常发生。"布洛克尔赫斯特先生换了个话题，"还有另一件事也叫我吃惊，我跟总管结账时，发现上两个星期，竟然给姑娘们供应了两次面包加奶酪的点心，这是怎么回事？是谁干的？得到过谁的批准？"

"我必须对这一情况负责，先生。"谭波尔小姐说，"早饭做得很糟糕，学生们无法下咽，我不能让她们一直饿到吃中饭。"

我以为谭波尔小姐的理由足够充分，但那根黑柱子却不这样想，他就像演讲一样开始滔滔不绝："谭波尔小姐，要是偶尔有不合胃口的小事发生，我不建议用更可口的东西加以补救，那样既娇纵了肉体，也偏离了这所学校的办学目的。我们应该利用这件事情，去鼓励学生甘于忍受一时的困难，磨炼她们坚韧的性格！当你用面包干酪代替烧煳的粥，送进这帮孩子们嘴里时，确实可以喂饱她们肮脏的躯壳，可与此同时，你也让她们不朽的灵魂挨了饿！"

黑柱子发表完演讲后，倒背着手站在壁炉边，威风凛凛又不可一世地检阅着全校人员。突然，他眼睛眨巴了一下，急促地掉转头来问："谭波尔小姐，那个满头都是卷头发的女孩是谁？"

"那是朱莉娅·塞弗恩。"谭波尔小姐平静地回答。

"她竟敢公然无视学校的训诫和原则，烫起一头卷发，这是为什么？"

"朱莉娅天生就是卷发。"谭波尔小姐的声音更加平静。

黑柱子气急败坏地嚷起来："天生？我们可不能顺着天性！明天我就派个理发匠过来。还有一些女孩头上也有这种累赘物！这些多余的发髻统统都要剪掉！"

就在谭波尔小姐正要提出异议时，三位衣着华丽的女客正好走进教室。她们一个个打扮得花枝招展，两位年轻姑娘华丽雅致的海狸帽下面是一头浓密的浅色卷发，那位年纪较大的太太裹着一条昂贵的镶貂皮丝绒披巾，能看出她还戴着法国的额前假卷发。

这几位女客是布洛克尔赫斯特太太和她的两个女儿，她们是和那根黑柱子一块儿坐车来的，只是进门晚了点。在谭波尔小姐的接待下，几位女客开始行使她们的权力，对学校校务提出种种意见和责难。

我一边留心听着那边的谈话，一边尽量让自己不受人注意。但很不走运，就在我抬了抬石板，试图用它遮挡自己脸部时，“啪啦！”一声清脆的坠落声惊得众人齐齐望过来，那块捣蛋的石板霎时碎为几块！我知道这下完了，那根黑柱子很快就会注意到我、认出我！

果不其然，布洛克尔赫斯特先生细细端详了我一会儿，终于发言了：“原来是这个冒失的女孩！她就是那个新学生。哦，对了！关于她，我还有几句话要说哩。”他就像是个法官，无情地宣读着判决结果。我感觉黑暗重重压过来，压得我无力承受，压得我几乎窒息。我绝望地瘫坐在地上，那黑柱子仍然不依不饶，大声叫道：“那个打破石板的孩子上前面来！”

两位高个子姑娘将我扶起，布洛克尔赫斯特指着一张高凳子，不容置疑地说：“把她放到高凳子上去。”我记不清自己被谁抱起，当站在凳子上时，正好能和布洛克尔赫斯特先生的鼻子平视。他离我只有一码远，吐出的每句话每个字都如晴天霹雳般在我耳边炸响：“你们都看见凳子上的这个女孩了吧？谁能想到，这个小小年纪的孩子却是一个说谎者？是魔鬼的奴仆和代理人？”

下面一阵骚动。我的心在阵阵抽紧，那个让人痛恨的黑柱子像恶魔一样正在用言语撕毁我的心、我的生活。一场磨难看来是无法逃避了，深深吸口气，我只能坚定、坦然地去承受了。

布洛克尔赫斯特先生望了一圈，有意停了停，又接着说：“这是我从她的恩人、一位慈善的太太那儿知道的。她收养了这个孤儿，还当作亲生女儿来养育。但不幸的是，这个让人厌恶的孤儿竟用无数谎

言来证明自己是魔鬼的奴仆和代理人，以至于那位恩人不得不把她与自己幼小的孩子分开，因为只有这样才不会玷污他们的纯洁。现在，这个说谎者被送到劳渥德学校来治疗，所以，各位老师、学监们，我请求你们不要让她周围成为一潭死水。”

说完这句精彩的结束语，布洛克尔赫斯特先生那两道阴冷的目光扫过我面庞，威严地整整大衣纽扣，带着三位家眷矜持地向谭波尔小姐行过欠身礼后，步伐端庄地走出教室。他仍不忘给我的伤口撒上最后一把盐，回过头冷冷说道：“让她在凳子上再站半小时，今天谁也不许和她说话！”

我就这么高高地站在耻辱台上，面对数百道鄙夷的、轻蔑的、幸灾乐祸的、悲哀怜悯的目光。我就像一条搁浅的鱼，只觉得喉头阵阵发紧、呼吸开始渐渐困难，我感觉自己快要死了！

这时，一双闪着清澈光芒的眼睛赐予了我神奇的力量！是海伦！我的朋友！她正从我跟前走过，刹那间把力量传给了我，我昂然抬起头，坚定地站着。

海伦·彭斯仅仅是走到史密斯小姐跟前，问了一个小活计上的问题，因为问题过于琐碎，史密斯小姐还骂了她。当我的朋友返回，再次经过凳子前时，她又冲着我微微一笑，像是天使脸上映现的光辉！我不明白，像史凯契尔德小姐这样的人为什么总盯着她的邋遢不放，只因她抄写习题时弄脏了练习簿就大加惩罚？她们的眼睛也许只能注意到星球表面的细小黑点，却永远无法看见那映照寰宇的璀璨光芒。

第八章
美丽老师谭波尔小姐

“当当当”时钟敲过五下，难熬的下午课终于结束了，早已饥肠辘辘的姑娘们轰然散去。偌大的教室里空空荡荡，我因为过于用力，双腿已酸麻不堪，小心爬下高凳子后，我颓然扑倒在地。

天色渐渐昏暗，我孤独地躲在角落里，任由泪水滴落在地板上。本来，我打算在劳渥德学校做个很好的孩子，赢得别人的尊重，得到别人的爱。就在今天早上，米勒小姐还表扬我得了全班第一名，谭波尔小姐还答应教我画画，如果继续努力，她还允许我学法文……可为什么，为什么仅仅几个小时之后，我就要被高高晾晒在这耻辱台上？

“干脆死掉算了。”我哭泣着喃喃自语。一阵轻快的脚步声传来，又是海伦！她端着咖啡和面包，就像一位照亮夜幕的天使，正从空荡荡的长屋子那头走来。

“来，吃点东西。”她说。那话语中流露的默默温情倏然引发了堆积胸间的一腔情感，我放声大哭起来。海伦坐在一旁，双臂抱膝，把头倚在膝盖上，一直保持着这种姿势，安静地陪伴着我。

还是我先开了口：“海伦，你干吗还跟一个人人都看成是爱说谎的姑娘在一起？”

“简，你说什么呢。总共只有八十个人听说过，要知道，世界上有几万万人哩。”

“几万万人跟我有什么关系？我认识的八十个人都瞧不起我。”

“简，你错啦，也许学校里没有一个人会瞧不起你、讨厌你，我敢肯定，很多人都会同情你。”

“布洛克尔赫斯特先生那样说我，她们怎么可能同情我？”

“布洛克尔赫斯特先生又不是上帝，他甚至不是一个受人尊敬的人，这儿的人根本不喜欢他。如果他把你当作个宠儿，你倒很可能会处处树敌，像现在这样，大家反而只会同情你。再说，哪怕全世界的人都恨你，都相信你坏，只要你自己问心无愧，就不会没有朋友。”海伦把我拉近身边，我们依偎着相互用身体取暖。

天上的阴云渐渐消散，皎洁的月光泻入室内，清亮亮地投射在刚刚走进的谭波尔小姐身上，“我是特地来找你到我房间里去的，既然海伦也在，那就一起来吧。”

谭波尔小姐的房间里正生着熊熊的炉火，非常温暖舒适。她让海伦坐在壁炉边的矮扶手椅上，自己坐在另一张椅子上，然后叫过我，俯身瞧着我泪痕未干的小脸问：“都过去了吗，简？有没有把悲伤都哭掉？”

“我怕我永远也哭不掉。因为我是冤枉的，现在你和海伦，还有别人都会认为我爱撒谎，是个坏人。”

“简，你要证明自己是怎样的人，我们就会把你看成是怎样的人。我的孩子，继续做个好姑娘吧，你会让我们满意的。”

“我真的可以吗，谭波尔小姐？”

“当然可以。”她用胳膊搂紧我，“现在你告诉我，布洛克尔赫斯特先生说的你那位女恩人是谁？”

“是里德太太，我舅妈。舅舅去世了，他把我托付给她照顾。”

“这么说，她不是自愿收养你的？”

“当然不是，她只是不得不这样做。”

“好吧。简，你知道，当一个犯人被起诉时，他可以为自己辩护。现在你被指责为说谎，那就在我面前尽力为自己辩护吧。你不用夸大其词，只需如实述说。”

我想，我应该好好抓住谭波尔小姐给予的这次机会。于是，思考了几分钟后，我理清头绪，开始一五一十地诉说我在盖兹海德府寄人篱下的生活。在谈及来到劳渥德学校前，还提到了劳埃德先生，说他在我经历红房子事件后来看过我。在说到某些细节，比如被里德太太第二次关进红房子所经受的那种痛楚时，我的情绪虽然已明显有些激动，但还是努力做到用词准确并有所克制，这一点，谭波尔小姐和海伦也感觉到了，她们一定会相信我所说的都是实情。

谭波尔小姐认真听完述说后，静静端详着我，说：“劳埃德先生我比较熟悉，听过你刚才说的这些，我会写封信给他。要是他能回信证实你说得确实不假，我就会对全校师生公开澄清今天的诋毁。但就现在，简，我认为你已经是清白的了。”

她吻了我，我满心欢喜着，安静地看着她的一举一动。这个温暖的夜晚是如此的重要，它让我意识到，对美丽的谭波尔小姐，我也许不仅仅只有信任，还有一种叫温情的东西在心间流淌。

谭波尔小姐继而又和海伦说话：“你今晚怎么样，海伦，咳得厉害吗？胸口疼不疼？”

“不算太厉害，胸口也好多了。”

谭波尔小姐站起身，拉过海伦的手，仔细按了按脉搏，当她坐下时，我听到轻轻一声叹息。她心事重重地沉思了片刻后又高兴地说：“差点忘了，今天晚上我还要把你们当客人来款待呢。”她按了按铃。

一位女仆走进来，谭波尔小姐说道：“芭芭拉，我还没用过茶呢，你把茶盘端来，再加两只杯子。”茶盘很快端来了，那纹饰精美的细瓷茶杯和亮晶晶的茶壶，在我眼里是多么美啊！还有冒着热气的暖茶、烤面包，又是多么香啊！可是为什么只有那么可怜的一点儿呢？

谭波尔小姐看着我和海伦欣喜的眼神又黯淡下去，立即明白了，对女仆说道：“芭芭拉，你不能再拿一点面包和黄油来吗？这根本不够三个人吃的。”芭芭拉出去一会儿就回来了：“小姐，哈顿太太说，她已经按平时的分量送来了。”

“哦，好吧！姑娘们，我们只好将就一下了。”谭波尔小姐并没有生气，只是温和地应道，待芭芭拉退下后，她又对我们微笑了：“幸好这一次我还有办法弥补不足。”

她请海伦与我坐在桌前，每人面前各摆上一杯茶、一小片薄面包，然后起身打开抽屉，取出个纸包，那里面居然是个很大的香草子

饼。“本来这是请你们带回去吃的，”谭波尔小姐边切着香草子饼边说，“可是烤面包太少了，只好这会儿就吃了。”

我和海伦像两只饥饿的小猫，立即将这份丰美的食物填进饥肠辘辘的肚皮。谭波尔小姐就像一位慈爱的母亲看着我们微笑，让我和海伦在寒冷的夜晚感到丝丝的温暖。

吃完茶点，谭波尔小姐招呼我们坐在她身边，并和海伦亲切交谈起来。她们的谈话内容很广，从古老的民族、国家到大自然的奥秘，从受欢迎的法国作家到较冷门的拉丁语……她们的谈话内容像是打开了一片我从未接触过的世界，使我知道这个世界竟是如此美好！

“当当当”就寝的钟声敲响了，谭波尔小姐紧紧拥抱着我俩：“上帝保佑你们，我亲爱的孩子们。”不知为什么，我感觉她抱着海伦的时间好像更长一些，送别时，又听到她再一次长叹，我甚至注意到谭波尔小姐在看海伦时，悄悄擦去了眼角的一滴泪。

大约一个星期后，谭波尔小姐收到了劳埃德先生的回信，他在信中证实了我的陈述。谭波尔小姐很快召集全校师生宣布：对简·爱的指控纯属子虚乌有，她是无辜的，她所有的罪名都不成立！老师们都跑来吻我、祝贺我，同学们也在下面高兴得议论纷纷。

我重新鼓起勇气，努力学习一切可能掌握的知识。几星期后，我就升了一班，还不到两个月，我竟然真的可以学习法文和绘画啦！生活像是为我打开了一扇美丽的窗户，世界变得五彩缤纷、情趣盎然。现在，如果你要我选择贫困艰苦的劳渥德还是奢华堂皇的盖兹海德府，那么毫无疑问，答案会是劳渥德。

第九章

海伦之死

冬去春来，笼罩山野的积雪缓缓消融，阵阵和风开始吹过这里的夜晚和清晨。

劳渥德小学在春天的召唤下焕发出勃勃生机，一簇簇嫩绿从花坛上抬起头来，一点点艳红在角落里偷偷绽放。四月天里，偶尔也会阳光灿烂，我那被严寒冻肿的双脚也在这晴暖的日子里渐渐愈合、消肿。

每个星期四下午，劳渥德学校会放半天假，所有的小姑娘都会出去散步，我自从来到这里直到现在才有机会走出装有尖铁的高大围墙。眼前是一幅多么巨大的美丽画卷啊，瞧！山谷正在吐绿，小溪潺潺流远，水汽氤氲而生，石子遍地闪亮……这和最初看到的那些灰暗远空、冰冻雪天、重重冷雾截然不同。

进入明媚晴朗的五月，能更分明地感受到春天的气息，春姑娘像抖开一头秀发，扑落落洒下满地春色。更难得的是，所有这些美景我居然都能自由自在地尽情欣赏，没有人监视，也没有人来打扰。

可是在美景背后，另一种阴霾却无声无息侵入了劳渥德学校。学校所在的这片山谷是雾霭和瘴疠（lì）的发源地，当春天万物复苏时，时疫也复苏了，它将劳渥德学校变成了斑斓春天里的一所医院。

终日半饥半饱，大多数学生的健康本来就受到不良影响，再加上伤风感冒骤然来袭，八十个姑娘一下子就病倒了四十五个，没有病倒的学生几乎都在经常活动保持健康的借口下放任自流。

谭波尔小姐整天待在病房里寸步不离，只在夜里才能偷偷睡上一小会儿。老师们也都忙着为一些即将离去的姑娘们打点行装或做着其他必要准备，因为有些姑娘已经死去，她们需要有人送行，有些姑娘则被亲友接回家远离传染病区，但最终很可能也难逃一死，因为这场疫情实在太可怕了。

就这样，当劳渥德学校沦为死神经常光顾的地方时，我和一些没有生病的学生却将校外的大自然当作乐园。那个苛刻又不近人情的布洛克尔赫斯特先生和他家人再不敢走进这里，没人来查学校的日常事务。更让人惊喜的是，我们的伙食也比以前好了。脾气乖戾的总管被传染病吓跑后，接替她的人对新地方还不熟悉，食物的供应比以前要宽裕。再说，吃饭的人少了，病人吃得更少，早餐自然就多出来了。有时是一大块冷馅饼，有时是厚厚一片面包和干酪，我们常常带着这些食物躲在林子里美美地吃上一顿。

因为海伦也患了病，听说不是伤寒，而是肺病。那时我很无知，认为只要不是伤寒就都属于轻病，所以就以为海伦很快会好起来。这期间我结识了另一位好朋友玛丽·安·威尔逊。她聪明有创见，而且言谈举止不使人感到拘束，再者，她大几岁，能告诉我很多不知道的事儿，对我的缺点也能宽容相待。我们相处得很融洽，即使没有得到多大长进，也增添了不少乐趣。

一转眼，到了六月初。有天傍晚，我和玛丽在林子里玩到很晚，回到学校时月亮已经升起。月光下，我们清楚地看见，医生的矮马正站在院里。玛丽说，准是有人病了，才会这么晚还把贝茨医生请来。

“哗啦”一声，前门打开，贝茨医生与一位护士走出来，当医生骑马离去后，我急急忙忙跑到护士跟前问：“海伦·彭斯她怎么样了？”

“很不好，医生说她在这儿待不长了。”护士回答。

这句话像晴天霹雳，惊得我毫无倦意，直到十一点上床时我还是睡不着。那个时刻，我清楚意识到，好朋友海伦·彭斯活着的日子已屈指可数，她就要被送往神灵世界，她就要死了！我感到一阵钻心的痛，有个强烈的愿望突然间产生：我要去看她！必须在她死前给她拥抱、给她吻，必须与她说上最后一句话！

护士告诉过我海伦在谭波尔小姐的房间里，眼下这个时候同学们应该都睡了吧，听听周围四寂无声，我悄悄爬了起来，套上外衣，连鞋子也没穿，就偷偷溜出了宿舍。

我轻手轻脚来到谭波尔小姐的房间，竟然发现门开着条缝，也许是为了让病人透透气吧。我轻轻推开门，透着摇摆不定的微弱烛光努力朝里张望。谭波尔小姐的床正空着，旁边还有张小床半掩着白色的帐子，被子下有个小小身子的轮廓，哦！那一定是海伦！

我有点儿害怕，害怕被子下是具尸体，略微犹豫后，我轻轻走上前去叫道："海伦，海伦？"

"是你吗？简？"一只熟悉的小手拉开帐子，苍白、憔悴的脸儿露了出来，正是好朋友海伦！

我的恐惧和担心立即消失了，她很平静，看上去没有多少变化。我灵巧地爬上那张小床吻了她，感觉到她前额的冰冷。她就要死了，可她仍然像以前那样静静地微笑着。

"你干吗上这儿来，简？都过十一点了。"

"我来看看你，海伦。听说你病得很重，不和你说话我睡不着。"

"这么说，你是来跟我告别的了，也许你来得正是时候。"

"你要上哪儿？海伦，是回家吗？"

"是的，回我永久的家——我最后的家。"

"不，不！海伦。"我悲痛至极，几乎要抽泣了。

但那最亲爱的朋友此时却心疼地说："简，你的小脚还光着呢，快躺下来，盖上被子。"

我们紧紧依偎着，沉默好一会儿后，海伦轻轻说："简，我很快活，心里很平静。当你听到我死去时，千万不要悲伤。我只有一个父亲，他刚刚结了婚，不会想念我的。我现在死去，倒可以免受将来更大、更多的痛苦，反正我只会不断地做错事。"

"可是，你要上哪儿去呢，海伦？"

"我到上帝那儿去。"

"上帝在哪儿，上帝又是谁？"

"是我和你的创造者，他的仁慈与力量让人信赖。我在计算时间，等着重大时刻的到来。那时我会把自己交还给上帝，让他显现在

眼前。”

“海伦，你是相信有那个叫天堂的地方吗？相信我们死后的灵魂都要去那儿吗？”

“是的，我相信。上帝是我的父亲、我的朋友，我爱他，我相信他也爱我。”

“那我死以后，还会再见到你吗海伦？”

“这当然，我亲爱的简。”

我难受极了，把海伦搂得更紧，她似乎比以前更可爱了。我怎么舍得让好朋友离去呢，去一个我根本不知道是否存在的地方。

“简，我喜欢你待在身边。”海伦感觉到了两个小身体的温暖，她的声音那么温柔。

“我会在你身边的，海伦，谁也没法把我们分开。”

海伦不用侧脸就能感触到我的脸，她轻轻吻了我，我也回吻了她。很快，我们睡着了。

天亮了。我感受到刺目的阳光，我怎么会不停地晃动？睁开眼，我终于弄清自己是在护士怀里，她正抱着我准备把我送回宿舍。我本来以为自己会因为擅自离床而挨骂，但事实上根本无人顾及，提出的一串问题也没人肯回答。两天后我才听说，那晚，我最亲爱的朋友海伦，死了。

她的坟安在了布洛克尔桥墓地。此后十五年，那里只倒扣着一个杂草丛生的土墩，如今，一块灰色的大理石碑矗立在上面，碑上除了她的名字还刻有另外两个字——复活。

第十章

希望在前方

斑疹伤寒热疯狂施虐后，终于销声匿迹，由它引起的另一场事件却在劳渥德再起波澜：人们在调查这场天灾起因时，这里的种种丑恶行径也随之暴露出来，给孩子们做饭用的是带咸味的臭水，伙食量少质差，学生们衣着粗劣，生活环境极其糟糕……虽然布洛克尔赫斯特先生为此大丢脸面，但劳渥德学校却从此因祸得福。

一些乐善好施的富人捐出大笔款项，在不远处新建了一处校舍。新学校重点改善了孩子们的伙食与衣着问题。布洛克尔赫斯特先生凭借他那不容忽视的家族地位和财富，仍旧保住了司库的职位。他的总监职务由另外几人分担，那些人懂得如何把通情达理与严格要求、讲究舒适、勤俭节约和公正威严结合起来。在他们的努力下，这个新建的校舍终于成为一个高尚、有益的福利机构。

从我进入劳渥德学校已经过去整整八年了。八年里，我以全班第一名的优异成绩结束学业，之后又在这里当了两年的老师，我已从当年那个黄毛丫头出落成一个并不漂亮的大姑娘。当上帝带走最亲爱的朋友海伦之后，谭波尔小姐一直充当我的母亲、家庭老师，甚至是伴侣的角色。在我担任老师两年后，史密斯牧师插身进来，以结婚的名义带走了她。眼睁睁地看着谭波尔小姐身着旅行服乘坐马车消失在山冈背后，我开始静下心来感受她的一丝一毫。

我从谭波尔小姐身上学到了很多优良品性和习惯，源于她的种种思想与感情已经在头脑里生根。她离去的同时带走了我青春期的所有眷恋与梦想，今后，自己的世界不应该停留在劳渥德，也许有另一个充满着希望与烦忧、刺激与兴奋的天地正等待有胆识的人去接触、去追求。

这个想法来得如此突然，如此迅猛，如此锐不可当，以至于在谭波尔小姐刚刚离去的那天下午我就深刻感受到了。我要离开，离开这个生活了整整八年的地方，我要改变，改变这个一成不变的环境。我清楚地听见心底有个声音在呐喊："改变吧，至少赐给我一份新的工作吧！"

心动必然导致行动。经过一夜的细致思考后，第二天一早我写下一封求职信：

"现有一位年轻女士，熟悉教学（我不是做了两年的教师吗），愿谋一家庭教师职位，儿童年龄须低于十四岁（我想自己才十八岁，不可能去指导一个年龄相仿的学生）。该女士能胜任良好的英国教育所需各门常规课程以及法语、绘画和音乐之教学（读者朋友们，请别笑话我，这几门知识在今天看起来似嫌狭窄，但在那个时代可以算是比较广博的了）。回信请寄××郡洛顿邮局J.E收。"

这封信在抽屉里锁了整整一天。傍晚时分，我找个借口跟新来的学监请假后，趁着蒙蒙细雨赶到两英里之外的小镇，从洛顿邮局将它顺利寄走。

接下来的一星期特别长，我好像从未等过这么久，但它还是过去了。这次，我以定做鞋子的理由又来到小镇，当走出鞋店迫不及待地赶到洛顿邮局时，正逢当班的一位鼻梁上架着角质框架眼镜、手上戴着黑色连指手套的老太太。

"有给J.E的信吗？"我问。

她从眼镜上方打量着我，随后打开抽屉翻找起来。过了好久好久，我都快不抱希望时，她终于拣出封信，凑在眼镜前看了足足有五分钟，才越过柜台递给我，同时又用探究的、不信任的目光看了我一眼："这封是给J.E的。"

"只这一封吗？"

"是的，再没有了。"她回答道。我匆忙地将信塞进口袋扭身往回走，因为按照学校规定，我得在八点以前赶回，现在已经七点半，必须要走了。

回到学校，就开始忙那些日常工作。陪学生上自习、念祈祷文、看着她们上床，再与老师们吃过晚餐，直到最后就寝时，仍然要等格莱斯小姐照例唠叨一阵。好在她睡得很快，蜡烛只剩一英寸长短了，我急忙掏出那封信，拆开后细细看了起来：

“如果上周四在《XX郡先驱报》上刊登求职广告的J.E，确实具备所述学识，并能提供有关品格及能力之证明，即可获得一个教师职位。学生为一不满十岁小女孩，年薪为三十英镑。请J.E将所需证明、姓名、地址等详情寄交：XX郡米尔考特附近，桑菲尔德府，菲尔费克斯太太收。”

我将这简单的几行字反反复复看了很久，欣喜之余，我暗自揣测起写信人“菲尔费克斯太太”也许还是位身穿黑色长衣、头戴寡妇帽、有点儿冷漠但又受人尊敬的老太太哩。毫无疑问，那个桑菲尔德府应该是她住的地方，说不定还是处非常整洁的住宅呢……就在我恣意憧憬时，那截短得可怜的蜡烛终于熄灭了，我不得不将快乐暂时压在心底，压入睡梦中。

第二天，我就跟那位新来的学监谈起这件事，希望能为我出具一张足以证明我学识与能力的证明书。大约一个月后，我拿到了这份证明书，抄寄一份给菲尔费克斯太太，很快我就收到了回信，回信中称她非常满意，约我两周后去桑菲尔德府就任家庭教师。

两周很快过去，我开始忙着收拾行李。在托运行李箱的那天，也就是离开劳渥德的前一天，我正在接待室里等着搬运工，仆人走进来报告：“小姐，下面有人要见你。”不等我出门，有人突然奔过来：“是她，一定是她，到哪儿我都能认出她来！”这人拦着我，不停地嚷嚷道。

“白茜！白茜！真的是你！”我狂喜地拥抱她、吻她。她也欢喜地回应着，并在随我走进客厅时，介绍始终跟在她身后的一个小男孩：“这是我的孩子。”

“这么说你结婚了，白茜？”

“是的，快五年了，是和马车夫罗伯特·利文结婚，除了鲍比，我们还有个小孩子，也叫简。”

白茜说话时一脸笑意，看得出来，她对自己的婚姻非常满意。我一边逗弄着小男孩鲍比，一边问她："他们都过得怎么样？白茜，给我讲讲。"

"嘿，简小姐，你长得不太高也不结实，学校待你不好吧。里德大小姐可比你高出一个头哩，乔奇安娜要有你两个这么胖。"

"乔奇安娜现在很漂亮吧？"

"很漂亮。去年冬天同她妈妈去了伦敦，一个年轻勋爵爱上了她，但勋爵的亲戚反对这门亲事，后来他和乔奇安娜小姐决定私奔，很不幸让里德大小姐发现又阻止了。如今她们姐妹俩就像猫和狗一样不和，老是吵架。"

"噢，那约翰·里德怎么样？"

"唉，他表现很不好。上了大学，考试又不及格，给刷掉了。几个舅舅还想他能学法律、当律师，但就这么个浪荡子，我想是不会有什么出息了。"

"是里德太太派你来的吗？"

"说真的，不是。不过我倒早就想来看你了，听说你写信说要上别处去，我就想还是趁你没远走高飞的时候，赶紧跑来看看你。你现在会什么？会弹钢琴吗？"白茜问。

我微笑着朝屋角走去，那里有架钢琴。打开琴盖，我弹了两首华尔兹舞曲，白茜听了十分高兴："那两位里德小姐可差远了！我就知道你在学问上肯定能超过她们。哦，对了，你还会画画吗？"

"壁炉架的那幅就是我画的。"那是幅水彩风景画，我作为礼物来感谢热心的学监，细心的她还为那幅画配上了玻璃框哩。

"啭，好漂亮呀，简小姐。"白茜惊呼起来，"你比里德小姐的绘画老师画得还要好，更不要说她们自己了，简直就是天壤之别！简，你学法语了吗？"

"是的，白茜，我能看也能说。"

"那你会各种刺绣活儿吗？"

"当然。"

“你真成大家闺秀啦，简小姐！我早就知道你是这样的。不管有没有亲戚照应，你都会有出息的。我还有件事想问问，你有没有听到过关于你父亲的亲戚爱家的什么消息？”

“我父亲的亲戚？从来没有。”

“嗯。太太老是说他们穷，说他们低贱，但我认为，他们跟里德家一样也是上等人。七年前，有位爱先生来盖兹海德府想见你，太太说你在五十英里外的学校，他好像非常失望，因为据他说，两天后又要乘船出国，赶不及去看你了。知道吗？那位爱先生看上去完全像位绅士，我猜他八成是你父亲的兄弟。”

“他有没有说去哪个国家？”

“说是去几千英里外的一个岛，那儿出产酒——管家告诉我的。”

“马德拉群岛？”我猜测着。

“对，就是那儿。他没待多久就走了，太太的态度很傲慢，还说他是狡猾的生意人，我丈夫罗伯特估计他是个酒商。”

“也许吧，”我又加了句，“也许是酒商职员或代理人。”

白茜和我的谈话并没有持续太久，一小时后她就不得不向我告辞了。我很感谢这次见面，生活即使磨难再多也总有让人惊喜的时刻，比如这次，我走向改变、走向希望之时，又有点滴的惊喜来点缀、刺激这枯燥的日子。今后，还会有更多、更美好的欢乐吗？第二天，我坐上洛顿的马车一边胡思乱想着，一边驶向米尔考特，驶向桑菲尔德府，驶向希望的前方。

第十一章

古怪的桑菲尔德府

十六个小时之后，我风尘仆仆赶到了桑菲尔德府。

到达的时间是晚上八点多。夜幕垂下，冷意浸染，我裹紧几乎已被冻透的身子，跟着接应的女仆走进一幢隐藏在黑暗中的高房大院。

当女仆带着我走进其中一间小屋时，眼前立刻呈现出惬意喜人的图景：小巧舒适的房间里燃着熊熊炉火，旁边有圆桌、老式安乐椅，安乐椅上的那位小老太太，头戴寡妇帽，身穿黑色丝绸长袍，围着雪白的平纹细布围裙，是那么和蔼可亲，除了冷漠威严，她跟我想象中的菲尔费克斯太太一模一样。现在，她忙着织东西，有只肥大的猫儿正安安静静蹲在她脚边。真是完美无缺的家庭安乐图啊！

我太喜欢这种氛围啦，没有咄咄逼人的豪华，没有令人难堪的庄严，小屋里洋溢的温暖开始迅速驱赶身上的阵阵寒意，那个老太太也客客气气地上前迎接我：“你好吗，亲爱的？坐了一路车，会冻坏你的，快到炉火跟前来吧。”

“我想，你是菲尔费克斯太太吧？”我问。

“是我，快坐下。”老太太边招呼我边拿出一大串随身带的钥匙对女仆说，“莉亚，去调点儿尼格斯酒，再拿几块三明治来，给你储藏室的钥匙。”转而她又说道：“来吧，孩子，这是行李箱吗？我叫人把它送到房间去。”

莉亚很快端来了酒和三明治，我真有点儿受宠若惊了，这种来自雇主的关怀确实让我感动。

享受完晚餐之后，体内的饥饿与寒冷正渐渐远离，我迫切想知道未来的学生什么样，便问菲尔费克斯太太：“今晚我能有幸见到菲尔费克斯小姐吗？”

“什么？菲尔费克斯小姐？哦，你是说瓦朗小姐吧？她姓瓦朗。”

“怎么？她不是你亲生女儿吗？”

“不是，我没有亲人。今天太晚啦，你的脚应该暖和过来了。我给你准备好了房间，走，带你去看看。”

跟着她穿过长长的走廊，我被领进自己的小卧室。房间很小，有几件普通家具，糊着壁纸的墙壁和铺有地毯的地板让我觉得非常舒适，它在我眼里就是个放松心情、让人欢畅的小天地！那夜虽然我独自一人，睡得却是非常香甜、非常安逸。

朝阳宁静地照耀在已略显枯黄的树丛和远处仍呈青绿色的原野上。我穿过走廊，走下楼梯，经过富丽堂皇的大厅之后，来到这座宅子正面，细细打量起来。这是幢三层楼宇，气派非凡但算不上规模宏大，能看出是座绅士的住宅而不是贵族的府第。屋顶四周有圈雉堞，显得比较诗情画意，它背后是片白嘴鸦栖身的树林，林中哇哇聒噪的鸟儿们正在到处飞翔。远处矗立着座座小山，区教堂就坐落在前方，能看见那古老的钟楼尖顶。秋日的阳光透射下来，钟楼尖顶迸出点点光芒。旁边那片大草场边缘处还有排老荆棘，一棵棵粗壮多节，高比橡树。我立即明白了为什么这儿叫“桑菲尔德府”，“桑菲尔德”的本来意思就是“荆棘地”啊。

“早安，我的孩子，这是个美丽的地方，对吗？”菲尔费克斯太太出现在门口。

“当然，比我想象中的还要美丽。”

“可是我怕它慢慢衰败下去，除非罗切斯特先生能回到这儿长住，怎么说这么座大宅子和美丽的庭院都需要有主人在跟前的。”

“罗切斯特先生？他是谁？”我头次听到这个名字，很意外。

“桑菲尔德府的主人。”菲尔费克斯太太平静地回答。

“哦，是这样。我还以为桑菲尔德府是你的呢。”

“我的？天哪，孩子，我只是个管家。我跟罗切斯特先生算是远房亲戚。”

“那么那个小姑娘、我的学生是怎么回事呢？”

“她是罗切斯特先生监护的孩子，他把孩子和保姆送到这里后，委托我找个家庭教师来教导她。噢，阿黛勒小姐来啦。”

一个小女孩蹦蹦跳跳从草坪那边跑过来，后面还跟着她的保姆。这应该就是我的学生了，她大约七八岁，个头瘦小，脸色苍白，五官很小，一头长长的卷发直披腰际。

“她是我的家庭教师吗？”小女孩看着我，用法语问她的保姆。

保姆也用法语回答：“当然啦。”

她们怎么说法语？菲尔费克斯太太看出了我的疑惑，解释道：“保姆索菲是法国人，阿黛勒小姐也从法国来不久，刚会讲一点儿英语，她经常把英语、法语混着说，我听不懂她们说话，这也是为什么要找一位懂法语的老师，我想你会明白她们的意思。”

真该感谢我以前学的法语，现在我已经能流利、准确地使用这种语言了，与阿黛勒、保姆的交流自然不会存在障碍。菲尔费克斯太太在一旁听到我们能顺利沟通，显然很高兴，趁着说话空当，她提了个小小请求：“我希望，你能问她一两个关于她父母的问题，我想知道她是否还有印象。”

“阿黛勒，”我问道，“你以前跟谁住呢？”

“很久以前，我跟妈妈住一起，可是她上圣母玛丽亚那儿去了。妈妈常常教我唱歌跳舞、朗诵诗。现在你愿意听我唱歌吗？”

这当然是个好主意。小家伙得到允许后，兴奋地坐在我膝上，将小手一本正经地合在胸前，甩甩卷发，唱起一支哀婉动情的歌剧插曲。这个节目进行完之后，她又奶声奶气地为我们朗诵了一首小诗。我注意到，阿黛勒的声音婉转自如，动作表情恰到好处，这在同龄的孩子中是不多见的，显然，她受过良好的教育和认真的训练。

阿黛勒意犹未尽，还要给我们表演跳舞，我制止了她，接着上个问题继续问：“你妈妈到圣母玛丽亚那儿去了后，你跟谁一块儿住呢？”

“同弗雷德里奇太太和她的丈夫。她照顾我，不过在那里没待多久，罗切斯特先生就问我，是否愿意同他一起到英国去，我在认识弗雷德里奇太太之前很早就认识了罗切斯特先生，所以干脆地答应下来。可是你瞧，他说话不算数，把我带到英国，自己却又回去了，到现在我也没有见到他。”

原来是这样，我总算在很短的时间里大概理清了头绪。那么下面，我和我的学生就该转入正题了。今天是给她上课的第一天，阿黛勒的表现还算比较好，尽管她不大用功，但相当听话，时近中午时，我打算画几张速写小画让她学习。

当我上楼取画夹、画笔时，菲尔费克斯太太叫住了我，她因为房子和我聊起了罗切斯特先生：“你瞧，这是多么漂亮的房间。罗切斯特先生虽然不常来这儿，可他最讨厌屋子里的样样东西总用布罩着，所以我想还是应该把房间收拾成这样，好让他随时来住。”

“这么说，罗切斯特先生是那种爱挑剔、难讨好的人？他的性格究竟怎样？”

“不完全是这样，他只是具有上等人的趣味与习惯罢了。要说性格也是无可指责，他有些特别也很聪明，不过我没同他说过很多话，不能深入地了解他。”

“怎么个特别呢？”

“我说不清楚，当你同他说话时，你应该会有感觉。你总是吃不准他在说笑还是当真，还是高兴，还是恰恰相反。总之，你没法彻底了解他，至少我是这样的。不过这些都无关紧要，因为他确实是一个很好的主人。”

这就是菲尔费克斯太太告诉我的关于雇主的全部情况。我想，善良的老太太可能不知道该如何观察、描绘或刻画一个人，所以只能说出这些模棱两可的话。菲尔费克斯太太继而又兴致勃勃地提出要带我参观楼宅，于是，我跟随着她在这宽阔的楼层里走来走去。看到那几间富丽堂皇的前房，又暗又低的三楼，古色古香的走廊，还有橡树或胡桃树做的柜子，历史悠久、窄小高背的椅子，包括其他各种各样稀奇的东西，如英国绣花帐幔，装有橡木门可以关闭的大床，古老的座钟等等，总之，桑菲尔德府给我一种非常古怪的感觉。

最后，我们爬上阁楼，钻出天窗，站在铅皮屋顶上眺望了一会儿远处令人赏心悦目的风景。返回时，我看见脚下这条走廊将三楼的前后房间分成两排，尽头处透着扇小窗户，两边有两排关得严严实实的小黑门。

正当我轻手轻脚准备走近时，一阵刺耳的笑声陡然响起！万万没想到，如此静谧的地方竟会听到这么可怕的声音，我感到心头一阵紧缩，立即停止脚步。那怪笑骤起骤落，忽高忽低，我仔细辨认着，当它消失时，我能肯定它从哪儿发出。

“菲尔费克斯太太！”我大声喊道，动作慢了好几步的老太太终于跟上来了。“你听见那怪笑了吗？那是什么？”

“也许是女仆格莱思·普尔。”

“你确实听见了吗？”

“当然，听得清清楚楚。她就在那个房间里做针线活，有时候莉亚和她一块儿，经常吵起来。”

这时，那奇怪的笑声又低沉地冒出来，最后变成一连串的嘟哝声。

“格莱思！”菲尔费克斯太太厉声呵斥道。

声音消失了。离我最近的那扇门打开，一个三四十岁的女仆走出来，她身材笨拙粗壮，乱糟糟的红头发下是张刻板而普通的脸。“你太吵了，格莱思。”菲尔费克斯太太声调并不高，但语气非常坚决，“记住我的吩咐！”格莱思默默地行了个屈膝礼，撤身退下。

我没有再发问，菲尔费克斯太太却抢先一步解释道：“格莱思是我们雇来做针线活的，有时她也做做家务。”

第十二章

马背跌落的男子

在此之后，桑菲尔德府传出的那种怪笑声我还听见过几次。格莱思在我眼里就像是幽灵的化身，她时常走出屋子，手里端着脸盆或是托盘去楼下厨房，返回时往往带回一壶黑啤酒。我曾几次试图跟她谈话，但通常都被她三言两语中断了。

一月的某天，阿黛勒小姐因为着凉暂停了课程。无事可干的我只好整个上午都端坐在图书室里，待到午后，正巧菲尔费克斯太太写了封信，要送到距桑菲尔德府大约两英里的干草村邮寄，我便自告奋勇承担了这项任务。

身上暖和起来后，我放慢脚步，享受和品味着路边风景带来的宁静与欢乐。天色已近黄昏，路边是静悄悄的山楂和榛树丛，偶尔有几只小鸟飞来飞去。在这里还可以看到身后的桑菲尔德府，那片灿烂红霞此时正落入房屋后面的树丛里……如此美景使我忍不住多逗留了一会儿。

当再起程时，月亮刚刚升起，皎洁的月光使周围的环境好像比黄昏时还要亮堂些。我耽搁的时间已经不少了，必须尽快赶往干草村。

“嗒嗒、嗒嗒”一阵沉重又急促的马蹄声传来，因为这条小径比较窄，为了防止被撞，我赶紧停靠在一旁。转瞬间，一只黑白色相间、鬃毛很长的大脑袋狗就从排排榛树后闪出！紧跟其后的是匹高头大马，我只能看清骑马的是个男人。

这三个家伙像阵风似的卷过小径，当踩上薄冰时，马脚下一阵打滑，连同主人一块重重摔倒在地！我在后面不用看也知道发生了什么。那只狗着急地围着它的主人转圈，狂吠不停。可能是摔得太重了，人和马都没能起来，大狗朝空旷的四周看看，毫不犹豫地撒腿向我跑来。

我当然明白它的意思，赶紧快步走上前问："先生，我能帮你什么吗？"

"你就站一边吧。"他的态度并不友好，努力支撑着跪起来，再站直身子。卸下重负的马儿稍微喘息了一会儿，也挣扎着重新立起。可能是伤得不轻，他一瘸一拐地挪到石阶旁暂作休息。

我好心地对他说："先生，要是你受了伤需要帮忙的话，我可以到桑菲尔德府或者干草村去叫个人来。"

"噢，我能行，骨头没断，只是扭伤了筋。"那人回答。好像要证明给我看似的，他又站起来试试脚，结果却痛得忍不住叫了声："哎哟！"

要是他在我问话时能微笑一下，或者和气回答，再或者他拒绝时能表示感谢，我想我准会继续前行，不会觉得有义务要继续帮他。但他的粗暴无礼和满面怒容，反而使我觉得坦然自若。所以，当他再次挥手叫我走开时，我断然宣布道："天这么晚了，先生，在没有看到你确实能骑马前，我不会把你独自一人留在这里。"

他听到这些，第一次抬起眼皮朝我看了看："我觉得你自己倒真应该回家了，你从哪儿来？"

"就从山坡下面来。要是你愿意，我很高兴为你跑一趟干草村，因为我也正要去那儿寄封信。"

"你就住在这山坡下面？你是说就住在那座有雉堞的房子里？"他指着桑菲尔德府问我。此时，顺着他手指看去，月光照耀下的那座高房大院显得格外明显。

"是的，先生。"我平静地回答。

"那是谁的房子？"

"罗切斯特先生的。"

"你知道罗切斯特先生吗？"

"不知道，从来没有见过他。"

"你肯定不是他府上的用人，你是——"他猜测着，打量着我的衣着。那天我披着件黑色美利奴羊毛斗篷，戴着顶黑水獭皮帽，这两件东西远不如一般用人的衣服讲究，他一时难以判断我的身份。

我接过话头：“我是家庭教师。”

“哦，家庭教师！见鬼，我竟把这忘了！”他从石阶上再次站起来，尝试着想挪动，但脸上痛苦的表情迫使他不得不开口向我求助：“你有没有伞，可以让我当拐杖用？”

“没有。”

“那么，你能不能想办法抓住马笼头，把马牵到我这儿来？”

要是平常，我是万万不敢独自接近高头大马的，但现在，不知道哪儿冒出股劲，我直蹬蹬就朝前走去。这家伙比我高出许多，性子很烈，根本不让我靠近头部。我试了又试都没法得逞，还得时刻躲闪着，生怕被它前腿踢着。那位赶路人一直在后面观察，他看到我泄气的样子忍不住笑起来。

我有些忿忿然，但还是走回来对他说：“对不起，帮不了你。”

“没办法，只好借你用一用了。”他尝试作最后的努力，用力按住我肩头，一瘸一拐走回原地，“啪！”他准确地抓住马笼头，再借我的支撑拼力一跃！

这对受伤者是个高难度动作，我能看清那张被痛苦扭曲的脸，不过，好在他还能承受。“好啦！现在，帮我把丢在树下的马鞭递给我。”

我递给他马鞭。他最后又关照了句：“谢谢你，快去干草村寄信吧，尽可能早点回来。”接着鞭声响起，三个家伙趁着月色一溜烟儿跑远了。

当我将信投入干草村邮局又匆匆返回桑菲尔德府时，我真是不想踏入这座高房大院的门槛。家庭教师的生活实在太安逸太单调啦！我在草坪上、行道上、大门前不停地溜达，尽可能地在躲避冬夜寒冷的同时，也享受它的宁静与美丽。

直到桑菲尔德府大厅里的钟声响起，我才举步进入。大厅里并不黑，那盏高悬着的青铜吊灯也没有点亮，暖融融的火光，映照着大厅

和橡木楼梯最低几级踏阶。红红的火光来自大餐厅，餐厅的门大开着，从外边能看到炉火照射着大理石炉板和铜制炉具，那些紫色帐幔和上光家具也被映得光辉悦目。能听见那里面正响起一片欢声笑语，阿黛勒的声音特别清楚，餐厅里应该有不少人吧。

我来到菲尔费克斯太太的房间，那儿也生着火，不过没有点蜡烛。没看到菲尔费克斯太太，我却发现那头黑白相间、有着长长鬈毛的大狗孤单又端正地坐在地毯上。它正专注地盯着炉火，当发现有人进来后，立即友好地摇摇头。我禁不住叫了声“派洛特”，那家伙就像正在等着这声召唤，此时忽地一跃而起，围着我不停地嗅起来。

虽然它表现得很友好，但单独和这只大狗在一起，我还是有些害怕。于是，打了铃，我想叫女仆拿支蜡烛，也好问问她这家伙打哪儿来的。

莉亚进来了，我问：“这是哪来的狗？”

“哦，它是跟主人罗切斯特先生一起回来的。”

“你说的当真？那菲尔费克斯太太是跟他在一起吗？”

“当然，还有阿黛勒小姐，他们都在餐厅里。约翰去请外科医生了，因为主人出了意外，骑马时摔了一跤，脚脖子扭伤了。”

直到这时，我才明白究竟是怎么回事，不过，我还是验证了一下：“他的马是在干草村小路上摔倒的吗？”

“嗯，是的。听罗切斯特先生说，是在下坡时踩在冰上滑倒了。”

我恢复了平静，说：“哦，是这样。莉亚，帮我拿支蜡烛来好吗？”莉亚转身出门，我这才完全放松了自己。天啊，怎么会让我与主人有这样的初次相逢？

第十三章

初逢后的首次面谈

那天晚上，大概是因为有医生关照过，罗切斯特先生睡得很早。第二天，他起得也比较晚。大厅里恭候着不少客人，都是他的代理人或者佃户。

阿黛勒和我不得不腾出书房来接待每位客人，我们搬到了楼上一间屋子里学习。由于主人的回来，冷寂肃静的桑菲尔德府每隔一两个小时，就会响起敲门声或铃声，还有不断穿过大厅的脚步声、随时可能听到的说话声，这些声音就像是欢快的小河正穿过死寂的原始森林。说真的，我倒有些喜欢这座宅子里能有一位主人驻守。

阿黛勒总是跑到门口伏在楼杆上往下望，看看能否见到罗切斯特先生，或者是找出各种下楼的理由，以便顺路去探望下书房。即使如此，她还是不住嘴地唠叨着那位朋友“爱德华·菲尔费克斯·德·罗切斯特先生”，想象着他带来了什么礼物。因为罗切斯特先生昨天晚上好像提起过，等他的行李从米尔考特运到，里面有只小箱子，里面装有她喜欢的东西。

黄昏时分，我允许阿黛勒可以下楼。屋子里只剩下我一人，借着炉火的余烬，我信手勾绘起一幅风景画，这时，菲尔费克斯太太走进来说：“罗切斯特先生想请你和你的学生今晚到客厅里一起用茶点。”“他几点钟用茶点？”“六点钟。哦，对了，你最好现在去换件衣服。罗切斯特先生在这时，我总要穿得好点。”

虽然我并不喜欢郑重其事地穿戴，可能是因为约见对象是雇主吧，我还是换了件黑绸衣进入餐厅里间。餐桌上点着两支蜡烛，阿黛勒正在壁炉边和派洛特做伴，罗切斯特先生半躺在长沙发上，翘着一只脚。我一眼就认出，他正是那个赶路人，粗黑的浓眉、方正的前额、坚挺的鼻子，还有紧闭的嘴部。虽然他的面貌过于严肃古板，但你不得不承认，眼前这位先生有着像运动员一样的好身材。

罗切斯特肯定发觉我和菲尔费克斯太太进来了，他似乎无心关注，直到我们走近，也没抬下头。

“简小姐来了，先生。”菲尔费克斯太太斯文地说。他点点头，仍然看着孩子。

“让简小姐坐下吧！”他说。

我毫无拘束地坐下。他仍像座雕像一样，既不说话也不动弹，菲尔费克斯太太大概看出气氛有些僵硬，便主动开口，说些恭维、客套之词。

“太太，我想喝点儿茶。”对面那位先生丝毫不为所动，于是，她赶紧打铃叫来仆人，殷勤地侍奉着。我和阿黛勒也来到桌子跟前，菲尔费克斯太太对我说：“能帮忙端给罗切斯特先生吗？我担心阿黛勒会不小心弄洒的。”

我当然没法拒绝这个理由，当罗切斯特先生接过茶杯时，阿黛勒认为这是个好机会，张嘴嚷嚷起来：“先生，你的小箱子里是不是有件礼物要送给简小姐？”

“谁说过礼物啦？”他粗暴地说，“怎么，简小姐，你喜欢礼物？你希望有件礼物？”那道浓眉隐藏下的目光阴沉、愠怒又尖刻。

“我说不上来，先生，我对这些东西没有什么经验，一般认为是讨人喜欢的。”

“一般认为？那么你认为呢？”

“先生，我得需要一点时间才能做出可以让你接受的回答。一件礼物可以从多方面去看它，是不是？对待一个问题，人们通常需要全面考虑，才能发表合适的意见。”

“简小姐，你不像阿黛勒那么单纯，她一见到我就嚷着要礼物，而你却转弯抹角。”

“因为我对自己是否配得起礼物，不像阿黛勒那么有信心，你送她玩具已经习以为常，而我还是个陌生人，没有做过什么值得感谢的事情。”

“别用过分谦虚来搪塞！我已经检查过阿黛勒的功课，知道她并不聪明也没有什么天分，却在短期内取得了很大进步，你确实为她花了很大力气。”

“先生，你已经给了我很好的礼物，非常感谢。赞扬学生的进步，是教师们最好的回报。”

“哼！”罗切斯特先生不再言语，默默地喝着茶。等茶盘端走，罗切斯特先生打发阿黛勒出去玩之后又问：“你来我家之前在哪儿？”

“在XX郡的劳渥德学校。”

“噢！那是个慈善机构。你在那待了几年？”

“八年。”

“八年！我认为在那种地方待上一半时间，就会把身体搞垮的！怪不得你的样子像是来自另外一个世界。你父母是谁？”

“我没有父母。”

“那你总该有些亲人，譬如叔伯姑嫂什么吧？”

“没有，一个也没有。”

“你家在哪儿？兄弟姐妹呢？”

“我没有家，也没有兄弟姐妹。”

“你是怎么到这儿来的？”

“我在报纸上登了求职广告，菲尔费克斯太太看到广告后给我来了信。”

“好吧，说说你都在劳渥德学了些什么？你会弹琴？要是不介意的话，你可以去书房弹首曲子吗？”

我听得出，罗切斯特先生分明是有些不信任我。可是我已经教了阿黛勒三个多月，取得的成就周围人都有目共睹，我怎么会轻易被他吓倒呢。于是，我顺从地向书房走去。

几分钟后，他就在书房里喊了起来：“行啦。我看你确实会弹点儿，而且还比别人强一些。我还想知道，今天早上阿黛勒给我看了几张速写，她说是你画的，这是真的？是不是别人帮你画的？”

天啊，我真有点儿烦这个不礼貌的人了，这不明摆着是诬蔑吗？我叫了起来：“没有，这是真的！”“噢，伤你的自尊了？好吧，把你的画夹拿来，让我看看到底是不是你画的。不过，你别心怀侥幸，我认得出东拼西凑的作品。”这一回，我没有回话，直接返身去拿画夹。

罗切斯特先生满脸疑惑地接过，开始一张张铺开，细细翻看着那些速写画作。一会儿，他又认真挑出三张，并排在桌上，俯下身子长时间地琢磨起来。

足足有五六分钟，他才抬起头，朝我看着：“这些画确实出自一人之手，告诉我，是出自你手吗？”

“是的。”我知道，又一轮盘问开始了。

“你什么时候抽时间来画的？这些画很费时间，也费脑筋。”

“是在劳渥德最后的两个假期画的，那时我没有别的事可做。”

“你从什么地方弄来的摹本？”

“从我脑袋里。”

他把这些画摊在面前，再一次仔细看着。

这三幅都是水彩画。第一幅画的是：波涛汹涌的海面上，浓云翻滚，远处一片黯然无光。一束微光将半沉的船桅照得轮廓分明，那上面还栖息着一只黑鸬鹚，它衔着一只镶嵌了宝石的金手镯，我给手镯抹上了调色板所能调出的最明亮色泽。在鸟儿和船桅下的碧波里，隐约可见一具沉溺的尸体，能看清楚的只有胳膊，那只金色手镯就是从这里被鸟儿啄走的。

第二幅画的是：远方的山峰被薄暮时分深蓝色的浩瀚天空映衬，一个女人的半身形体高耸天际，色调被我尽力点染得柔和、暗淡。她模糊的额头上点缀着一颗星星，脸部仿佛透现在雾气蒸腾之中。双目乌黑狂野、炯炯有神，头发如阴影一般飘洒，仿佛是被风暴和闪电撕下的暗淡云块，脖子上还有一抹宛若月色的淡淡反光。

第三幅画的是：冰山尖顶刺穿了北极冬季的天空，一束束极光迸射出来，密布在地平线上。一个巨大头颅赫然入目，它正侧向冰山，

依靠下部的两手支撑着。那双手拉起黑色面纱，罩住了下半部面孔，更显得额头毫无血色，而那双眼睛则露出空洞、木然与绝望，天边云端里正升起若隐若现的金星……

“你创作这些画时愉快吗？”罗切斯特先生开始发问。

“是的，我很愉快，先生。这些画让我享受到从没有过的乐趣。”

“那并不说明什么问题，据你自己所说你的乐趣本来就不多。我猜想，你在调拌并绘上这些奇怪颜色时，肯定生活在一种艺术家的梦境之中。你每天都要花很长时间画它们吗？”

“在假期里我没有别的事情可做，我从早上画到中午，从中午画到晚上。仲夏的白天很长，我有充足的时间来画。”

“那么，你对自己的劳动成果满意吗？”

“很不满意，先生，我为自己的思想和手艺之间存在的差距而感到烦恼。虽然每次我的想象都很丰富，但却无力表现出来。”

“对一个女学生来说，这些画已经非同一般了。你已经捕捉到了思想的影子，只是缺乏足够的艺术技巧和专业知识去淋漓尽致地把它表达出来。不过至于那些思想，倒显得有些妖气：比如你一定是在梦中看见的金星，为什么你能将它画得那么明亮又不耀眼呢？因为上端的行星淹没了它的光。那庄严的眼睛代表什么意思？是谁教你画风的，天空中和山顶上都刮着大风。还有，你在什么地方见到拉特莫斯山的？那确实是拉特莫斯山……好啦，你把这些画拿去吧。”

我默默地收拾好画夹，罗切斯特先生这时候看看表，突然说：“都九点了，简小姐，你怎么搞的，让阿黛勒坐这么久，快带她去睡觉。”

安顿好阿黛勒后，我来到菲尔费克斯太太的房间：“菲尔费克斯太太，你原来说罗切斯特先生并不怎么怪。”

“是呀，怎么了？”

“我觉得他非常古怪，喜怒无常，而且态度生硬。”

“在陌生人看来确实如此，我已经完全习惯了，所以对这些从不计较。再说，就算是真有些古怪，那也是情有可原的。”

“为什么？”

“一方面是因为他生性如此，另一方面是因为他必须忍受痛苦的折磨，所以才会心绪不宁。”

“什么事情会让他这样痛苦？”

“比如说家庭纠纷。”

“可他还没有成家呀。”

“现在是没有，可以前有过，几年前他失去了亲哥哥。其实罗切斯特先生拥有桑菲尔德府这份财产的时间并不长，只有九年左右。”

“九年时间也不算短了，他现在还为他哥哥悲伤不已吗？”

“唉，也许不是。我想他们之间有些隔阂。他哥哥罗兰·罗切斯特先生对爱德华先生很不公平，也许就是他弄得父亲对爱德华先生怀有偏见。这位老先生非常爱钱，既不希望财产被分割，又想要爱德华先生拥有属于自己的一份财产，于是，他们人为地制造了很多麻烦，使爱德华先生陷入了痛苦境地。这种境遇到底是什么，我从来都不清楚。多年来，他一直过着漂泊不定的生活。从他哥哥没有留下遗嘱就去世，他顺理成章继承了桑菲尔德府之后，他就从来没有在这连续住过两周，可能他是在躲避这个地方吧。”

“他为什么要躲避呢？”

“也许他认为这里太闷了吧。”

我感觉菲尔费克斯太太的回答有些闪烁其词，也许是她不愿意向我讲述更多，也许她本来也就知道这么多，不管怎样，她这样回答显然是希望我能搁下这个话题，于是，我的问话就到此为止了。

第十四章

炉火边的罗切斯特先生

以后几天，我没怎么见到罗切斯特先生。有时他在书房忙些事务，有时和附近拜访他的绅士们出去办事或者吃饭，待到脚伤完全恢复以后，他就常常骑马外出，总到深夜才回来。

我们偶尔在大厅、走廊或楼梯里碰面，他通常会傲慢而冷淡地点点头、瞥上一眼，可有时这家伙也会出人意料地对我鞠躬或微笑，那会儿你才能感觉到面对的是位十足的绅士。罗切斯特这种变化无常的情绪我已不止一次领教过，所以很快也就处之泰然了。

有天晚上，他陪客人们吃完饭，刚刚送别后就立即派人来通知我和阿黛勒下楼。我们很快来到餐厅，阿黛勒一进门就发现了摆在桌上的那个小小纸盒，她立刻像只快乐的小鸟欢叫起来："呀！我的盒子，我的盒子终于来啦！"

"快拿到一边去，你这个地道的巴黎女孩，自个儿痛痛快快去玩吧。"我很奇怪壁炉旁的罗切斯特先生为何会说这种略带讥讽的话？他可是阿黛勒的监护人啊，为什么会有这种反应呢？

"简小姐来了吗？"他一边侧过身，一边扭头回望着，我当时正站在门边。

"哦，来了，过来坐吧。"他拽过身边的椅子示意着，继续说，"我不喜欢听孩子叽叽喳喳的，像我这样的老单身汉要是跟一个小娃娃单独待一个晚上，实在让人受不了。哦！简小姐，别把椅子拉那么远，就在我摆着的地方坐下来——接着刚才的说，我也不喜欢头脑简单的老太太，不过，菲尔费克斯太太毕竟是家族一员，我不能怠慢她，怎么说自家人也比外人亲嘛。对了，我还要请她帮我件事。”

罗切斯特先生打铃叫来了菲尔费克斯太太，拜托她照看那个小东西，因为他害怕高兴疯了的小女孩会来缠着大人，这样，他就可以不受干扰地与我讲话了。他说：“简小姐，请把椅子往前拉一点，你坐得太靠后了。”虽说我宁愿留在有点儿阴影的地方，可当他用这种直截了当的方式下达命令时，我还是照办了。

罗切斯特今天有些特别，不像往常那么严厉、阴郁，在炉火的闪耀下，他眼睛里透露着温暖，好像在回想着什么，嘴角还带着一丝笑意哩。看来，刚刚结束的那顿晚宴令他心情很不错。

“你这么看我，是觉得我很帅吗？”罗切斯特肯定意识到我在观察他，突然发问。

虽然有些猝不及防，但只要稍加考虑就应该知道此时需说些含糊而礼貌的套话来回应的。可不知怎么，我当时脱口而出道：“不，先生。”

他显然没料到会有这样的答案，“哟，没想到你这么特别。看你像个小修女一样安静、严肃，轻易不说话，要你回答问题时，倒会毫不客气地冒出句鲁莽又生硬的话。你这么回答是什么意思呀？”

“先生，我说得太直率了，请你原谅。我想表达的是，每个人的审美观不同或者美并不重要之类的意思。”

“你本来就不应该这样回答，美并不重要，说得不错。原来你是假装缓和一下刚才的无礼态度，实际上是在我后面狠戳了一刀。说吧，你还在我身上发现了什么毛病？我想我跟别人一样，至少还有鼻子有眼有胳膊有腿吧。”

罗切斯特有些微的激动，我想想还是平静回答道：“先生，请允许我收回刚才的回答，那并非是我有意伤人，只是一时口误。”

“那你至少刚才就该说清楚，来吧，还是挑挑我的毛病吧，简小姐，我是个傻瓜吗？看看，这前额是不是让你不喜欢？”他撩开额前波浪似的黑发，露出宽阔的前额。

“当然不是，先生，要是我反过来问你是不是一位慈善家，你会认为我这个问题唐突吗？”

“又来了！你又戳了我一刀！我可以告诉你，我不是人们通常说的那种慈善家，我只是有良知，以前常常去帮助弱者，但命运却总是打击我，将我磨炼得像个印度皮球那样坚韧，你看我现在这样，还能从印度皮球变回肉体吗？”

我想他肯定是喝多了，这么古怪的问题谁能回答得出？“啊，看来你对这个问题非常迷惑。简小姐，今晚我真想有个伴好好聊聊呢，你还是跟我说点什么吧，选什么话题，怎么说，都由你来定。”

既然这样，那太好啦，因为我就想坐着什么也不说。

“你不爱说话，简小姐？”罗切斯特先生很快发现他的策略错了，我还是一声不吭。

他低下头，匆匆地瞥了我一眼，好像要探究出什么：“怎么，生气了？对不起，我真诚地请你原谅我用唐突甚至无礼的方式提出要求。其实我本意并非如此，我只是不希望你把自己当作一个低微的人来看。”

他竟然这么屈高就下地向我道歉，我不能再无表示了，于是我说：“先生，我很愿意与你聊天。不过我不知道说什么好，还是你提问我来回答吧。况且我并不认为，你因为年龄大或者阅历丰富就可以对我发号施令。”

“嗬，这次回答的倒挺快，那两项长处我现在还没对你用到哩。先说这个吧，你还会偶尔听从我的吩咐，不会再因为我口气强硬而生气或伤心了吧？”

我笑了，他好像忘了，我是他的家庭教师，他是我的雇主。他立刻从笑容里捕捉了什么，不断地催促我：“你笑什么，说话呀。”

“先生，我在想，很少有主人会费心去问他们雇佣的下属，会不会因为被吩咐而感到生气或伤心。”

“雇佣的下属？”他声音明显提高了，“你说你是我雇佣的下属是不是？我倒把薪俸这事儿给忘了，好吧，那你能让我耍点儿威风吗？”

“不，先生，这可不行。没有哪个生来自由的人肯低头忍受，哪怕是看在薪水的分上。”

“胡扯！为了薪水，大多数自由人对什么都会屈服，所以不要瞎扯那些你根本不知道的普遍现象。你回答我的问题非常直率真诚，可你这个优点并不表示就能胜过别人，也许你也有其他难以容忍的缺点，这些缺点很可能会把这一丁点儿优点全部抵消。”

说不定你也这样，我在心里偷偷说道。很明显，他从我眼里看到了这种念头，马上又接着说：“当然，我自己也有很多缺点。我21岁时误入歧途，此后再没走回正道，要不然我也许会和你一样聪明纯洁。所以我现在非常羡慕你有平静的心境、清白的良心和纯洁的回忆。”

“那么先生，你十八岁时的记忆是怎样的呢？”

“那时我无忧无虑地健康成长着，没有滚滚污水把它变成臭水潭。当命运亏待我时，我绝望并开始堕落，生活将我变成了罪人，我无法改变现况，无法回到从前。简小姐，当你受到诱惑将要做错事时，一定要记得，悔恨是生活的毒药。”

“据说忏悔能够治好它，先生。”

“忏悔治不了它，悔改也许可以疗伤。可悔改又能有什么用呢？既然我已被彻底剥夺了幸福，那我就要加倍寻找暂时的快乐，不管它多么短暂，不管代价有多大。”

“那你会自暴自弃的，先生。”

“可能会，但也说不定这种快乐能让我感到像蜂蜜一样新鲜、甘甜。”

“那会灼痛你的舌头。”

“你怎么知道？你又没尝过。你还没有跨进生活的门槛哩，根本不知道其中的奥秘。”

“我只是提醒你，先生，你刚才还说做坏事会留下悔恨，那是生活的毒药。”

“我可不认为刚才头脑里闪过的念头是坏事，这是灵感不是诱惑，更不是魔鬼。你瞧，它又来了，还穿着光明天使的衣服呢。”

“先生，别相信它，这不是真的天使。你要是听从了它，会给自己带来更多的痛苦。”

“不，根本不会，我已经接纳了这位来客。”

“说实话，先生，今晚的谈话已经超出了我所能理解的深度。我只知道被玷污的记忆是永久的祸根。但我觉得，只要下定决心全力以赴，不出几年，你就可能成为自己向往的人，你的新记忆也将变得一尘不染。”我边说边站起来，想结束这场莫名其妙的谈话，“我要带阿黛勒睡觉去，时间已经不早了。”

“你是怕我吧，怕我是个像斯芬克斯一样的怪物？”

“你的话确实像谜语，先生，我只是让你弄糊涂了而不是害怕。再说，时钟已敲过九点了。”

“没关系，阿黛勒还不想去睡呢，谈话时我一直在留意着那个小东西。刚才她从小箱子里翻出件粉红色的丝绸小上衣，现在保姆正帮她试装呢。过不了几分钟，她会再进来，我知道自己将看到她母亲塞莉纳·瓦朗的影子，这是我的预感。你稍等一会儿，看看这预感会不会实现。”

不一会儿，我就听到阿黛勒轻快的脚步声响起，她正像罗切斯特先生所说的那样：穿着一套玫瑰色缎子衣服，裙摆很大，额头上还戴着玫瑰花环，脚上穿着丝袜和白缎子小凉鞋。

她撑开裙子，滑着快步来到罗切斯特先生跟前，踮着脚尖，像只蝴蝶般轻盈转动，然后单腿跪地，细声细气地说：“先生，多谢你的礼物。我现在就像妈妈那样漂亮，是吗？”

“确——实——像！”罗切斯特先生拉长声调，转过头，同时对我说：“改天我再给你解释关于她母亲塞莉纳·瓦朗，今天就到这好吗？晚安，简小姐。”

第十五章

谁在蓄意纵火

果不其然，罗切斯特真找了个机会跟我解释阿黛勒的母亲塞莉纳·瓦朗。那是某天下午，趁阿黛勒在逗派洛特玩时，他请我去那条林荫小道上散步。

塞莉纳·瓦朗本是一位法国歌剧舞蹈演员，也是人人仰慕的法国美女。罗切斯特为了博得美女欢心，不惜砸下重金将塞莉纳安顿在高级公馆里，并配备了一整套仆役、马车、呢绒服装、钻饰等等，就像每一位痴情汉那样，他竭尽所能地将这位美女紧紧吸附在身边。

有天晚上，罗切斯特临时去了公馆，塞莉纳不在，他不想放过那晚的美好月色，就搬了把椅子坐在阳台上。没过多久，一辆精致华丽的轿式马车穿过辉煌的街道停在公馆门前。车门打开，当一双秀致的小脚踏出时，罗切斯特立刻认定出来的正是美女塞莉纳！

就在他刚要呼唤心中的小天使时，从马车上跳下一个头戴礼帽、裹着斗篷的男人，他那带着马刺的靴跟在公馆门口发出响亮的声音。

"你可能从来没有体味过什么叫嫉妒吧，简小姐。"罗切斯特暂时中止了回忆，"当有天你的生命河流经过巉岩隘口，开始冲撞、破碎，形成无数的涡流、泡沫和喧嚣，那时你就能体会到嫉妒了。"

他转过身，看着侧旁的这座高大建筑自言自语："知道吗？我喜欢今天这样的日子，喜欢铁灰色的天空，喜欢桑菲尔德府。可是曾经漫长的岁月里，我一想到这里就觉得厌恶，就像躲避瘟疫一样，直到现在，即使我再喜欢，里面也仍然掺杂这种讨厌……"

他几乎咬牙切齿了，大概是某种难以表述的愤懑之情正在心中激荡。正在这时，阿黛勒大概是和派洛特玩够了，拿着球跑过来。"走开！”罗切斯特先生粗暴地喝道，“孩子，离远点，找索菲玩去。”阿黛勒委屈的泪水在眼眶里打转转，我赶紧哄着她，小家伙很快跑走了。

为了打破这突来的僵局，我大着胆子提醒他：“先生，那位法国小姐进来时，你离开阳台了吗？”“哦，我把塞莉纳给忘了，好吧，听我说。”他拉回思绪，慢慢讲述着。

罗切斯特当时没动，想打个埋伏看看他们接下来做什么。于是拉上窗帘，把窗子关得只剩一条窄缝，以便能听清他们说什么。这时，塞莉纳的女仆走进来点亮了灯，正好将屋内照得一清二楚。跟着，全身珠光宝气的塞莉纳与她的伙伴出现了，明亮的烛光让罗切斯特认出那家伙是一个有过几面之识的恶少！

桌上正巧留着张罗切斯特的名片，他们便开始谈论起这个不幸的痴情汉。据罗切斯特说，这两个人无论是能力还是才智都远不及他，可他们却在背后极尽所能地肆意诋毁着，塞莉纳甚至称罗切斯特为残疾。

这种侮辱令任何一个男人都无法忍受，他一把推开窗子，径直出现在目瞪口呆的那两人眼前。罗切斯特干脆了断地宣布，解除对塞莉纳现有的一切保护，她必须立刻离开公馆。当时的塞莉纳颓然哀求着、辩解着，但这些已无济于事，他考虑的只是如何对待那位浪荡恶少。

恶少显然也未料到会发生这种情况，硬着头皮接受了对方的挑战。第二天早上，这位不幸者就被强硬的对手在瘦弱可怜的胳膊上留下了一粒子弹，以此来纪念这段罪恶。

没想到六个月后，塞莉纳将一个小姑娘，就是阿黛勒硬推给他，说是他的女儿。他仔细留意过阿黛勒的相貌，却在小女孩脸上找不出一丝能证明父女关系的相似之处。过了几年，塞莉纳跟着个音乐家还是歌唱家什么的跑到意大利去了，罗切斯特虽然不认为自己是阿黛勒的父亲，但还是把她带回来。“现在，你知道了整桩事情的原委，你会不会另有想法，比如让我另请一位家庭教师什么的，会有吗？”罗切斯特很认真地问我。

“不会。”我明确地回答道，“听说这些以后，我会更关心她，因为她是个既被母亲抛弃又不被你承认的可怜孩子。”“好吧。你能继续留下来我就很高兴了，现在我要进去了，天色不早了，一起回去吧。”罗切斯特匆匆结束了这次谈话。他可能不会想到，今晚我会为此难以入睡。

我躺在床上暗自思忖着。塞莉纳的故事告一段落了，可又是什么迫使罗切斯特先生如此憎恶并远离桑菲尔德府呢？菲尔费克斯太太说过他以前每次所待的时间不会超过两周，这回已经住了八周了，难道有什么事在牵绊着他吗？可他要是真走了，桑菲尔德府会重新回归冷寂萧瑟，那些风和日丽的好日子会显得多么没劲！

蜡烛早已熄灭了，突然，一阵奇怪又凄惨的喃喃低语声传来，它好像就来自头顶！我一下子被惊醒，翻身坐起侧耳细听着，周围却又陷入一片死寂。

“当当”楼下大厅里的座钟正敲过两点。我的房门发出一声轻响，仿佛有人摸黑走过走廊时手指擦过门板一样。我吓得浑身冰凉，壮起胆子紧张地问：“谁？是谁？”门外悄无声息。

会不会是派洛特？因为有时它会跑到罗切斯特先生卧室的门口，这么一想，我好像没有那么害怕了。就在我感到睡意再次降临时，一阵魔鬼般的笑声——天啊！那就像是魔鬼蹲在我床头发出的狂笑声！我忽地翻身下了床，仔细辨听着——是从门外！肯定是门外的声音！

恐惧让我来不及细想，“咔嗒！”我迅速插上门闩，大声问道：“谁在外面？”有什么东西发出了咯咯的笑声、轻轻的呜咽声，一会儿，又听到脚步声退回走廊，上了三楼楼梯。我知道，那儿最近刚装起扇门，脚步声到那里时，我听见那扇门打开、又关上，一切重归平静。

“又是格莱思·普尔吧，她是不是中魔了？”今晚看来我是无法入睡了，得赶紧去趟菲尔费克斯太太那里。我迅速穿好外衣围上披巾打开门，看到一支点燃的蜡烛端正地放在过道上。“这是怎么回事？谁放的蜡烛？”然而，更惊异的事还有呢：空气中开始弥散着阵阵青烟，烟雾越来越浓烈，好像还伴着股什么东西烧焦了的煳味儿。

突然，我听到主人房门传来一声轻响，我顾不得去找菲尔费克斯太太，也来不及去想格莱思·普尔和那怪笑声，忽地冲向那间屋子。

床铺四周，一道道火舌肆意窜起，帐幔已经起火，在火光与烟雾的包围中，罗切斯特先生一动不动睡得很熟。我冲过去使劲推他，大叫着。可这家伙睡得太沉了，翻了个身居然又要睡去。不行！不能再耽搁了！我冲向屋角的脸盆和水罐，端起来往床上泼去。

谢天谢地，火灾终于被湮灭了！房间里到处水淋淋的，罗切斯特先生终于醒了，他还不知道发生了什么，扯着湿漉漉的睡衣大声嚷嚷着："怎么啦？发大水了吗？"

"没有，先生。"我已经平静下来，"刚才失火了，起来吧，应该没危险了，我去拿支蜡烛来。"

当我再次来到这间屋里时，罗切斯特先生已经摸索着换过干净的晨衣，他接过蜡烛，疑惑地看着我，又端着蜡烛前前后后察看了一遍后，低声问道："告诉我，这是怎么回事？"

我简单给他讲了讲刚才的经过，他一直注意听着。

"事情就是这样，要我去叫菲尔费克斯太太吗？"我问。

"不，不需要。"

"那我去把莉亚或者约翰和他妻子叫来吧。"

"绝对不要，你安静点，裹上斗篷乖乖坐在安乐椅里。听着，我得拿着蜡烛离开几分钟，你就待在这儿，我去三楼看看很快就回来，千万记住，别乱跑，也别惊动任何人。"

我在黑暗中不知道过了多久，罗切斯特先生回来了。"我知道怎么回事了，跟我想的一样。"他阴郁地说。

"怎么回事，先生？"

他没有回答，只是盯着地板抱臂而立。几分钟后，他问："你是不是说打开房门的时候看到了什么东西？"

"我只看到地上有支蜡烛。"

"你还听到了古怪的笑声？好像以前你听过那种声音。"

"是的，先生，菲尔费克斯太太说，缝衣女工格莱思·普尔就是这么笑的。"

"对，就是这么回事，是格莱思·普尔，你猜对了。关于这件事

你就当从未发生过。现在已经快天亮了，我去书房躺一会儿。”

“那么晚安，先生。”我准备离去。

“怎么？你就这么离开我，就这么走？”他突然大叫起来。

“还有什么事吗，先生？”

“总不能不让我说几句道谢的话吧，你救了我一命，反正我不能让你就这么干巴巴地一走了之！至少，至少也应该握握手吧。”

我伸出了手，罗切斯特先是一只手，接着又用双手握住了：“你救了我的命。我欠了你那么大一笔人情债，要是别的债主，我会很不安，可是你不同，简，你知道吗？我不觉得欠你的恩情是一种负担。”说到这里，他停下来，好像有什么话被哽住，他的眼睛一直盯着我。

“先生，这件事谈不上什么欠债、负担的。”我急忙说。

他根本不听，舔了舔嘴唇，有些艰难地说：“我早就知道，你会在某个时刻帮助我。初次见你时，我就从你的眼里看到了这一点。那表情、那笑容不会……呃，不会……无缘无故地在我心底里激起愉悦之情。我所珍重的救命恩人，晚安。”

我分明看到他的眼睛闪动着奇异的光，声音也颤动着奇特的活力。

“晚安，先生。”他的手仍没有松开，我不得不又说一句，“好像菲尔费克斯太太上来了，先生。”

“哦，好吧，你走吧。”他终于放开了我的手。

重新回到自己的小屋，我躺在床上心潮起伏，难以平静，就像看到了乌拉山那么甜蜜的海岸，就像有一阵被希望所唤起的清风，从未有过的兴奋激荡在心中，我无法安睡，一直静静地等到天亮。

第十六章

神秘女仆

火灾发生后的第二天，桑菲尔德府里上上下下都在议论这件事。当时刚刚吃过早餐，大家都聚集在主人房间里嚷嚷着。我自然不会加入他们的讨论，只是在心里默默回味着昨夜道别时罗切斯特先生说的那些话，想再听到那声音却又怕见到他的眼睛，整整一个早上，我都在这种不安、犹豫中度过。

经过他房间下楼时，我看到里面已经收拾得井井有条，莉亚在擦拭被烟熏黑的窗户，格莱思 · 普尔坐在床边椅子上给新窗帘缝上铜环。她还是穿着那件褐色呢子衣服，专心致志地忙着手头的活儿，从那张普通、安静的面容上我看不出有丝毫异样。

“早上好，小姐。”格莱思冷不防跟我打了个招呼，转而又接着忙活起来。我注意到，她眼里没有一点儿惊慌之态，没有一点儿害怕被发现的恐惧心理。昨晚还有杀人企图怎么可能今天就能装得如此不露声色？于是我回应道：“早上好，格莱思。这儿出了什么事？”

“没什么，昨晚主人躺在床上看书，亮着蜡烛睡着了。床幔被引着了火，幸亏他及时醒过来，给扑灭了。”

“真是怪事，就没有一个人听到罗切斯特的声响？”

格莱思朝我看了眼，目光里似有察觉：“你知道的，小姐。仆人睡的都挺远，不可能听到，菲尔费克斯太太虽说近点，可她老了，很容易睡死，不过……”她顿了顿，再次看我一眼，意味深长地说：“小姐，你很年轻，应该没有睡熟，也许你可能听到了什么。”

“我是听到了，起初还以为是派洛特，可是派洛特不会笑，那声音是种怪笑。”

格莱思拿起线，仔细地上了蜡，将线穿进针眼后镇静地说："我想主人在危急时是不大可能笑的，小姐，你一定是做梦了。"

"当然没有。"她的态度让我非常恼火，我难以想象一个杀人未遂者怎么可能厚颜无耻地说出这番话来，好像这一恶性事件根本与她无关似的。

格莱思警觉地看着我，她问："主人知道你听到笑声了吗？"

"我还没找到机会跟他说话哩。"我有点儿气恼地回答。

"那么，你当时不想打开门向外看看吗？"她在试探我？她会不会找个机会来害我？不！不能告诉她。于是我说："我起来就闩上了门。"

"怎么，你晚上睡觉没有闩门的习惯吗？"

我立刻反击道："因为我认为没有必要，我从来没有意识到在桑菲尔德府还要担心什么危险，不过将来，我看是要小心谨慎些了。"

"你应该这样做。"格莱思突然开始话多了起来，"桑菲尔德府自打建成以来就没发生过盗窃案，尽管谁都知道仅盘子就价值几百英镑。但我还是认为防患于未然要好点，很多人都把一切托付给上帝，可上帝根本不会排斥采取措施。"

这番话听得我呆了，我不知道眼前这个相貌平庸、学识浅陋的缝衣女工为何会有如此见解，这时厨子走进来请我们去吃午餐，打断了这次不愉快的谈话。

吃过饭后，我一直在思考着格莱思的问题。为什么她在桑菲尔德府拥有与一般仆人们不同的地位？昨天晚上的火灾事件除了她别无二人，可为什么她没有被拘留或者被解雇？什么原因使他要我也严守秘密呢？真够奇怪的！格莱思她到底是个什么样的神秘人物呢？

如果格莱思年轻漂亮，可能我会很容易就联想到罗切斯特先生是因为怜香惜玉才至于此，可是她长得那么难看，年纪又这么大，那位绅士会有这种想法吗？记得罗切斯特先生曾说过我也长得不美，可言语里却有赞赏之意，难道他那古怪脾气真的会对格莱思这样的女仆感兴趣吗？痛苦的思索让我浑身绷紧了弦，脸色慢慢涨红，手也在微微地颤抖。

夜幕终于降临，一天过去了，主人出去后没有回来。晚餐时，菲尔费克斯太太大概看出我脸色不太好，就和我聊天。她告诉我罗切斯特先生去了里斯的埃希敦先生那儿，参加上流社会的聚会，也许几天后才能回来。

“罗切斯特先生在这样的场合很活跃，女士们也都很喜欢他，尽管他的外貌没有特别多赞许之处，但是我猜想，学识、能力加上财富和血统，会为他弥补这一小小缺憾的。”菲尔费克斯太太微笑着说。

“里斯也有女士？”我问。

“当然有。是埃希敦太太和她的三个女儿，那可真是举止文雅的年轻小姐呀，还有英格拉姆爵爷家的布兰奇·英格拉姆和玛丽·英格拉姆小姐，我想都是非常漂亮的女人。六七年前，布兰奇小姐才18岁，来这里参加罗切斯特先生举办的圣诞舞会和聚会时，哦，那天她有多么风光，是公认的美女、皇后！”

“她有多漂亮？”

“高高的个子、漂亮的胸部、优美的肩膀、典雅颀长的脖子、黝黑而洁净的橄榄色皮肤、高贵的五官，那双黑眼睛像珠宝一样大放光彩。她还有一头乌黑的头发，梳理得非常妥帖，头发上还戴着琥珀色的花，哦，别提多美了。那天晚上，她还和主人表演二重唱呢。”

“是吗？我还不知道罗切斯特先生也会唱歌。”

“呵，他可有一副好嗓子，对音乐有很高的鉴赏力。”

“这位才貌双全的英格拉姆小姐还没结婚吧？”

“好像还没有，我想她与她妹妹的财产都不多。老英格拉姆勋爵的产业上限定了继承人，他的长子几乎继承了一切。”

“为什么没有富裕的贵族或绅士看中她呢？比如罗切斯特先生好像就挺合适。”

“他们年龄差别太大啦，你瞧，罗切斯特先生已快四十岁了，而英格拉姆小姐只有二十五岁。虽然不般配的婚姻到处都有，但我认为主人不会抱有那种想法。”

我还想接着多问问，阿黛勒进来了，话题也就转移到她身上了。

等到我回房独处时，我认认真真、前前后后审视了一番自己，包括内心世界、思想感情、还有些不求实际的无聊思绪，统统梳理了一遍。罗切斯特先生确实对我有过喜爱的表示，但作为一个相貌平常、孤苦贫困的家庭教师来说，我应当识得分寸，有辨别真假的能力。我的双眼昏花无光，我的心眼糊涂透顶，我被所谓的“爱情”冲撞得晕头转向，马上就要飞蛾扑火而自毁生命，一切都只是愚蠢的我在一厢情愿地空想！

于是，我郑重地向自己宣布了一项决定：我要受到来自心灵与理智的审判，我要真实绘出自己与布兰奇小姐的肖像画，时刻提醒自己要有自知之明，不可越雷池一步！

第二天一早，我将一面镜子放在面前，用粗糙的蜡笔画下自己的尊容。这幅画像上，没有一丝淡化的缺点，也没有省略本有的粗线条，更没有抹去或涂改令人讨厌的丑陋之处。画完后，我将这幅肖像命名为“一个孤苦无依、相貌平庸的家庭女教师肖像”。

随后，我开始绘第二幅画，用光滑的象牙、精致的调色板、最精细的骆驼毛画笔调制出最新鲜、最漂亮、最明洁的色泽，按照菲尔费克斯太太的语言描述，绘出一幅靓丽而光彩的画。我给它也起了个名字：多才多艺的名门闺秀布兰奇。

第一幅肖像画我只用了一两个小时，而第二幅肖像画却用了近两周才完成。看着眼前这两幅作品，它们的对比如此强烈，差距如此之大，几乎达到我所能承受的心理控制极限。这两幅画作迫使我的情感归从于理智，迫使那偶露苗头的爱情之火没有焚烧心底。也正是因为它们，我才能以镇静的态度、妥善的言辞去面对后来发生的种种事情。

第十七章

豪宅里的客人们

一个星期、十天都过去了，主人还没有回来。菲尔费克斯太太有时唠叨起来会解释一下：要是他从里斯直接去了伦敦或是国外，那也不足为奇，这已不是他头一次不辞而别了。我的心忽忽下沉，但还是装成若无其事的样子，平静地做着分内事。

两个多星期后，邮局给菲尔费克斯太太送来封信。“是主人写来的。”她看看信上的地址说，“现在，我们应该知道是不是该等待他回来了。”这时候大家正在吃早餐，我强自按捺着怦怦跳的心，巴望着菲尔费克斯太太快说出点什么。可是她慢腾腾地找出老花镜又慢腾腾地拆开信封，我感觉自己的手在发抖，面前的咖啡也泼出半杯来。

“喔，这下子可够我们忙一阵了。”她终于以蜗牛行走的速度看完那封信。一阵狂喜自心中激荡而起，为了保持镇定，我站起来帮阿黛勒系好裙带，拿来面包又为她倒满牛奶，然后尽量平静地问道：“罗切斯特先生不会很快就要回来了吧？”

“他说是三天后，而且还不止一个人来。他吩咐要准备最好的卧室，图书室与客厅都要清扫干净。我还得从米尔考特的乔治旅店或者其他什么地方再叫些厨工来。那些女士们都带有女仆，男士们都带有随从，我们会有满满一屋子人啦。”菲尔费克斯太太匆匆咽下早餐，就赶紧着手操办去了。

接下来的三天确实忙得够呛。菲尔费克斯太太新雇了三个女仆，帮着打理很多琐事。因为人手不够，菲尔费克斯太太把我也拉去帮忙。于是，我就整天呆在贮藏室里，学着做牛奶蛋糊、乳酪饼和法国糕点，或者捆扎野味的翅膀、装饰甜食碟子什么的。

忙碌的欢快中，我依然没有忘记神秘的格莱思·普尔。一天二十四小时中，她只有一个小时与楼下那些仆人伙伴们共同度过，剩下的时间，她会一直待在三楼那间橡木卧室里，做些针线活，有时还会阴惨惨地怪笑几声，她给我的感觉就像监狱里的犯人一样。

比这更奇怪的是，除了我没有别人注意到格莱思·普尔，好像她生来就该如此，没有人觉得她怪异，没有人谈过她的地位和工作，也没有人可怜她的孤独冷清。有次我偶尔听到莉亚和另一个女工谈过她，莉亚之前说了什么没有听清，那女工接着回答："估计她的薪金很高。"

"是呀。"莉亚说，"但愿我的薪金有天也能这么高。虽然桑菲尔德府并不吝啬，可是我的薪金才是普尔太太的五分之一，听说她每季度都要去次米尔考特的银行存钱呢，攒下的钱足够她离开这里生活了。我想可能是因为她在这里待惯了，何况她还不到四十岁，身强力壮，干什么都还行，要是现在放弃这份高薪差事那可太可惜了。"

"那她一定是个干活的好手。"

"嗯，当然。她明白什么是自己的分内事，这点谁都比不上她。"莉亚意味深长地说，"再说也不是谁都干得了那份差事，就算一样的薪金，恐怕也没几个人能胜任。"

"确实干不了。不知道主人是不是……"打杂女工还要往下说，可是莉亚正好回头看见我，马上用胳膊肘轻轻捅了捅她。

"怎么？她还不知道？"那女工有点儿惊讶。

莉亚摇摇头，这场谈话就此结束了。我从中能判断出的是：桑菲尔德府藏有一个谜，我被排除在谜底之外。

星期四到了，所有的工作都已准备就绪，整个桑菲尔德府焕然一新，一簇簇鲜花招摇着，正以最美的姿态迎接将到的客人。菲尔费克斯太太穿上她最好的黑缎裙服，戴上了手套和金表，因为她要迎接客人。我躲进教室，那里是"一个烦恼时刻非常愉快的隐蔽所"。

"他们来啦，太太，再过十分钟就能到。"是约翰在通报，菲尔费克斯太太听到声音后立即下楼。约翰说的十分钟似乎特别长，不过最后还是听到了车轮声。轻尘飘过，四位骑马者率先迎面奔驰而来，紧跟在后面的是两辆敞篷马车。骑马者当中，跑在最前面的是两位年轻男士，第三位是罗切斯特先生，他旁边应该就是画像中的那位小姐了吧。她可真漂亮，紫色骑马装快要曳地而行，窄长的面纱随风飘舞着，能看清下面是一头乌黑闪亮的浓密卷发。

"布兰奇小姐！"菲尔费克斯太太叫了声，忙不迭地上前几步。这队人马很快转过屋角，我在楼上已经看不见了。几分钟后，大厅里便传来阵阵愉快的喧哗声。有先生们低沉的嗓音，有女士们银铃般的笑声，还可以听见桑菲尔德府主人那洪亮又底气中足的欢迎声。一阵噼噼啪啪的开门、关门后，楼下重归平静。我抱着阿黛勒坐在楼上留心听着。

"小姐，我们有五六个小时没吃东西啦。"阿黛勒撅起小嘴道。

"好吧，你等着，这会儿客人们都在换衣服，我偷偷下楼去给你拿点吃的来。"

我小心翼翼地从隐蔽所里钻出来，到厨房取了只冷鸡、圆面包、馅饼和盘子刀叉后赶紧往回撤。刚关上后楼梯门时，正好那群太太小姐要出来，我赶紧躲在走廊这头昏暗的角落里。那些屋子里陆陆续续地走出雍容美丽的女客们，她们就像一群仙女，轻盈地飘下了楼梯。那天晚上，我在楼下的狂欢声中渐渐进入了梦乡。

第二天，罗切斯特先生带着客人们出外游玩。菲尔费克斯太太来到我房间，我指着刚刚出发的队伍要她看。我说："你还说他们不大可能会结婚，你瞧他们多么般配，看出来罗切斯特先生很喜欢她。"

"是啊，看起来他们确实不错。今晚你就能清楚地看见布兰奇小姐了。罗切斯特先生打算晚上让你陪着阿黛勒一块下楼，还说如果看不到你，他会亲自上楼来请。"

我想了一会儿答道："我实在不喜欢那种场合，菲尔费克斯太太，你有没有更好的办法？"

"进入那种场合的确不好受，你最好在女士们离席之前、客厅里还没有人时就进去，找个僻静的角落坐下。男宾们进来之后，你也不必待得很久，只要让罗切斯特先生看到你在那里后，就可以溜走啦。”

“你看这些人会住多久呢？”

“也许三两个星期吧。过了复活节，乔治·林恩爵士得去米尔考特任职，我想罗切斯特先生会同他一块去，本来这回他能在桑菲尔德待这么久就够奇怪的了。”

阿黛勒听说晚上可以下楼参加聚会，高兴得四处蹦跳，直到索菲开始给她梳妆打扮才安静下来。我换上了谭波尔小姐结婚时买的那件银灰色衣服，戴上那枚珍珠别针，又整了整头发，才带着阿黛勒走下楼梯。

我们从侧门进去，这样可以避免正门那些先生太太们怪异的目光。阿黛勒从花篮中摘了一朵小花别在腰带上，美滋滋地欣赏着。正当我偷笑她时，餐厅那边响起一阵窸窸窣窣的离席声，一会儿女士们就蜂拥而入，这里面有埃希顿太太和女儿艾米、路易莎，有利恩夫人、丹特太太，最引人注目的就是英格拉姆家族的英格拉姆夫人和她的两个女儿玛丽、布兰奇。

英格拉姆夫人的目光凶狠冷酷，说起话来装腔作势、语气专横，是个让人难以忍受的贵妇人。玛丽皮肤白净，脸相也温和坦率，但她缺乏生气，坐下后就像神龛里的雕像似的一动不动。布兰奇是我最关注的女客，她就像罗马神话中的月亮女神，菲尔费克斯太太描述的样样都有。可她的脸却完全是她母亲的翻版，只是因为年轻少了些皱纹罢了。虽然她称得上是位美丽华贵的女子，我却无法喜欢。

眼下，布兰奇小姐正跟丹特太太谈起植物学。丹特太太虽说喜爱花卉，但能看出来她没有学过这门学科，而布兰奇很明显是学过的，她正在神气活现地卖弄那些植物学字眼，我立刻觉察到她在戏弄丹特太太。

男宾们随后进来，亨利、弗雷德里奇、丹特上校、埃希顿、英格拉姆勋爵依次进入，罗切斯特先生最后才现身。虽然我没有朝拱门看，而且竭力把注意力集中在别处，可当他刚一闪现，我就不由自主地开始关注了。我永远忘不了那夜我们的心是多么贴近，可是现在他连看也不看我，就在屋子那头坐下，和布兰奇小姐攀谈起来。

“罗切斯特先生，我想你并不喜欢孩子，怎么会想到去抚养这样一个小女孩呢？你在哪儿把她捡来的？”布兰奇小姐看着正在人群中享受大家宠爱的阿黛勒说。

“我并没有去捡，是别人托付给我的。”

“你早该送她进学校了。”

“我付不起那么贵的学费。”

“哈，刚才我还看到有个家庭教师同她在一起呢！她走了吗？嘀，没有！她还在那边窗帘的后面，我想这样会更贵。”

“我没有考虑过这个问题。”他冷冷地说，眼睛直愣愣地望着前面。

“你们男人从来不考虑经济和常识问题，在留家庭教师的事儿上，该听听我妈妈是怎么说的。玛丽和我小时候跟过至少一打家庭教师，一半让人讨厌，其余的十分可笑，个个都是妖魔。”她调皮地转过头又问：“是不是，妈妈？”

“我的宝贝，别提那些家庭教师了，她们反复无常，毫不称职，让我吃尽了苦头。谢天谢地，现在总算同她们摆脱关系了。”那个贵妇人回应道。

这时，我看到丹特太太向她俯下身去耳语了一阵，大概是在提醒她，她所诅咒的那类人中，就有一位正在现场。

“活该！”我清晰地听见这位贵妇人毫不客气地说，“我注意过她，在她身上我看到了那类人的通病。”

“是些什么缺点呢，夫人？”罗切斯特先生大声问道。

“问问布兰奇吧，她比我更靠近你。”

“哎呀，妈妈！对于她们那号人，我只有一句话要说：她们真讨厌。威尔逊小姐老是哭哭啼啼，格雷太太粗鲁迟钝，怎么整她她都不在乎，尤伯特太太呢，总被我们捉弄得气急败坏！”布兰奇显然比她妈妈还要刻薄。

艾米这时也插嘴道：“路易莎和我以前也常常戏弄我们的家庭教师，不过她是个好人，什么都能忍耐，随你怎么整都不会生气，她从来没有对我们发过火。”

布兰奇小姐讥讽地说：“看来，我们要为现存的家庭女教师编一个传记了。为了避免这场不愉快，我提议换一个新话题，由我来伴奏，罗切斯特先生来为大家唱支海盗歌曲，怎么样？罗切斯特先生，你赞成吗？”

“小姐，我将深感荣幸。”罗切斯特先生说完，牵起布兰奇小姐的手，走向屋角的钢琴。

我想是时候该溜走了，但就在正要举步时，一阵富有穿透力的歌声又将我牵绊住。那圆润、洪亮的男低音，倾注着感情与力量，直透心间，正神奇地唤醒某种知觉。我静静聆听着、等待着，一直到那深沉雄浑的颤音消失……

悄悄离开那个角落，我正准备穿过走廊，餐厅的门打开了，罗切斯特先生追着我走过来，“你还好吗？为什么不来同我谈谈呢？”他问。

“我很好，先生，只是不想打搅你。”

他看了我一会儿：“你心情有点儿不好。”

“没什么，先生，我没有。”

“可是我肯定你心情不好，而且很不好。我要是再说几句你就要掉泪了，其实此刻你的泪水已经掉落。要不是我时间紧张，而且怕撞见爱饶舌的仆人，准会弄明白其中的缘由。好吧，今晚我让你走，不过我非常希望每天晚上都能在客厅见到你，这是我的愿望。”他顿了顿，又说道：“现在你走吧，叫索菲来把阿黛勒带走。晚安，我的——”他猛地刹住话头，紧咬着嘴唇转身离去。

第十八章

不请自来的算命者

现在和刚来桑菲尔德府的头三个月多么不同啊，那些冷寂萧瑟、平静单调统统没影了，每天人来人往，整座高房大院里充满了生机。天气晴朗时，客人们会外出游玩，假如碰上阴雨连绵，室内会有丰富多彩的娱乐活动。

一天晚上，宾客们兴之所至，提议要玩“猜字谜”游戏。我不知道这是什么意思，便在旁边留意看着。仆人们将餐厅重新布置了一番，椅子正对着拱门排成了半圆形。罗切斯特先生和其他男宾们指挥着，女士们则在楼梯上跑上跑下，按铃使唤仆人。三楼房间里的衣柜来了次大扫荡，什么带裙环的织锦裙子啦、缎子宽身女裙啦、黑色丝织品啦、花边垂带啦，全被女仆们成包捧下来，经过大致挑选，一些衣物又被送进旁边小厅里。

罗切斯特这时把女士们叫到身边，挑选着属于他这方的人选。“布兰奇小姐当然是我的啰。”他说着，又点了两位埃希顿小姐和丹特太太，这时，我因为帮丹特太太扣上松开的手镯，恰巧就在旁边。

“你参加吗？”他问。我摇摇头，他没有坚持，让我回到老位置去了。

罗切斯特带着搭档们退到一边，由丹特上校领头的另一组人，在排成半圆形的座椅上坐好。

铃声响过，幕布拉开。首先出现的是利恩爵士用白布裹着的身形，前面桌子上放有一本大书，艾米小姐身上披着主人的斗篷，手里也拿着本书。紧接着，一阵短促而欢快的铃声过后，阿黛勒挽着一篮子花蹦蹦跳跳地抛撒着。最后，身披长纱，额头戴着玫瑰花环的布兰奇小姐挽着罗切斯特先生出现了，他们一起跪向那张桌子，浑身着白纱的丹特太太和路易莎小姐就站在两人身后。

下面的丹特上校和搭档们细细商量着，两分钟后他大声喊道："新娘！"看来，这个谜语被猜中了！罗切斯特先生行了个鞠躬礼，幕布徐徐落下。

隔了好一会儿，幕布重又拉起：一只大理石水缸摆在台阶上，罗切斯特先生身上裹着披巾，头上缠上头巾，坐在水缸边的地毯上。他那乌黑的眼睛、黝黑的皮肤，都与这身打扮十分相配，看上去就像位东方酋长。一会儿，布兰奇小姐出场了，她腰间系条大红围巾，额头上缠块绣花手帕，双臂赤裸着，左臂高高举起，托起顶在头上的坛子。她的样子让人想起宗法时代的以色列公主。

"以色列公主"走过来，俯身做出将水坛灌满的动作，当旁边的"东方酋长"向她打出某种手势后，她就急忙给他喂水喝。"东方酋长"为了回报她，从胸口长袍里掏出只盒子，从里面取出金灿灿的镯子和耳环，那位"以色列公主"惊叹地跪下来，听任对方为她戴好手镯、挂好耳环。

丹特上校显然没有完全明白这一幕，他和伙伴们交头接耳了好一阵，还是没能取得相同意见。于是，应丹特上校的要求，接下来将继续进行一个"完整的场面"。

幕布第三次被拉开：黑色布幔的背景下，大理石水缸已被搬走，新添了松木桌和椅子。灯光被布置得非常巧妙，使这些物品只能隐约看见。如此黯淡的场景中，主人双手攥紧放在膝头，双目紧盯地面，那污秽的脸、散乱的服饰、绝望阴沉的面容、粗糙直竖的头发，完全像是换了个人。他走动时，带动着脚链叮当作响，手腕上也戴着手铐。

"监狱！"丹特上校冲口而出，这个字谜终于被猜中了。

经过很长时间的休息后，恢复原状的罗切斯特先生挎着布兰奇小姐走向餐厅，他们正在热烈地交谈。

布兰奇小姐似乎意犹未尽："知道吗？我最喜欢你演的最后一个人物，你要是早生几年，会是位多么豪侠的绿林绅士。"

“这么说，你很喜欢绿林好汉啰？”

“英国的绿林好汉仅次于意大利匪徒，而意大利匪徒又逊色于地中海的海盗。”

“好吧，不管我是谁，记住你已是我妻子啦，我们一小时前已经结婚，在场的所有人都是目击证人。”布兰奇小姐听到这话，清脆地笑了。

“丹特上校，你们准备好了吗？”罗切斯特先生迎着另一组人走去。于是，另一场“猜字谜”的好戏又开始了。

我的心已经完全放在了主人身上，我知道，自己其实已经学会了去爱他。而我深爱的这位男子，此时却与另一位高贵的小姐谈情说爱。那位傲慢的高贵小姐走过我面前时，连衣裙都不屑碰着我。

我并没有嫉妒这位高高在上、明显优越于我的小姐，因为像布兰奇小姐这样的人不配让人产生那种感觉。她看上去光彩照人，实际是装腔作势，看上去外表秀美实际却头脑空虚，而且每次碰见阿黛勒，她要么口出恶言，要么一把推开，肆无忌惮地发泄着她对一个小姑娘无缘无故的憎恶。我相信如果他们能结婚，主人八成是出于门第或政治上的某种原因，他不会把真正的爱情给予她，她也不配。

那晚的“猜字谜”游戏结束后，罗切斯特先生有天早上突然被叫到米尔考特去了，他这一走，整支贵宾队伍像失去了灵魂，玩台球的玩台球，打纸牌的打纸牌，骑马的骑马，聊天的聊天，桑菲尔德府的客人们顿时像盘散沙再难聚集起来。

这种难熬的时光持续了整整一个白天，当夜幕降临，懒洋洋的客人们正要享用晚餐时，一直趴在客厅窗座上的阿黛勒忽然尖叫起来：“罗切斯特先生回来啦！”

我转过身，布兰奇小姐从沙发上一跃而起扑窗望去，认清下车人并不是罗切斯特后，布兰奇小姐丝毫不掩饰自己的扫兴，她先是怒气冲冲地朝阿黛勒喊道：“你这个讨厌的猴子！谁让你乱报消息的！”又悻悻地瞥了我一眼，仿佛是我犯下的错。

那位陌生男子很快走进来，向各位鞠躬道：“看来时间不凑巧，我是罗切斯特先生的老朋友，刚刚远道而来，想先在这儿冒昧住下，好等他回来。”陌生人大概三四十岁，肤色比较黄，虽然五官标致，但眼睛里却毫无神采，流露出让人戒备的、四处游移的眼神。这个缺陷让他看起来不怎么讨人喜欢。我很奇怪，罗切斯特先生怎么会和他是朋友，也许这种友谊可以用“两极相逢”来形容最恰当不过了。

几位男宾同陌生人交谈起来，不一会儿，我也听出个大概内容。陌生人叫梅森，从一个热带国家刚来到英国，他在西印度群岛那里初次见到并结识了罗切斯特先生。我曾听菲尔费克斯太太说主人曾是位旅行家，没想到他还去过那么遥远的海岸。

晚餐过后，是惯常的消遣时光。这时，仆人山姆靠近埃希顿先生，向他报告着什么，我没法听清。只见埃希顿先生很不耐烦地说道：“告诉她，要是再不走的话，就把她铐起来！”

“不！等等，这件事我们最好先征求一下太太小姐们的意思。”丹特上校阻止了这位地方执法官，“女士们，现在有位算命的老太婆说想给大家占卜一卦，她还赌咒说她算命极准，你们愿意见她吗？”

两位埃希顿小姐先有了兴趣：“她什么模样？”

山姆答道：“模样丑得吓人，小姐，她黑得就像煤烟。”

“呀，这么说还真是个地道巫婆了？”弗雷德里奇接着嚷开了，“就让她进来算算吧。”

山姆很快去而复返，带回另一个消息：“那位老太婆执意要独处一间，所以就带她进了书房。另外，她还说明两点，一是不见男士，二是不见已婚女士。”

“她倒还挺有眼力呢！”亨利先叫起来。

布兰奇小姐忽然严肃地站起来：“我先去！”那口气就好像她是位身先士卒的敢死队队长。说完后，她也不顾妈妈的阻止，堂而皇之地快步走进了书房。

接下来的这段时间，所有人都比较沉寂，可能都在猜测布兰奇小姐会碰到什么。十五分钟过去，书房门打开，布兰奇小姐面无表情地走出来，一声不响地坐在原位。

“怎么样，布兰奇？”她哥哥问道。

“说什么了，姐姐？”玛丽也急切地靠近。

那两位埃希顿小姐接着也扑了过来：“觉得怎么样？她算命算得准吗？”

“行了行了，好奇的人们，别逼我了。”布兰奇小姐没好气地发泄着，“我见到的不过是个吉普赛流浪者，她用陈腐的方法操弄着手相术，真希望埃希顿先生明天一早就把这个丑老婆子铐起来。”

布兰奇小姐捧起本书，往椅背上一靠，那姿势分明是告诉别人，她不想再搭理谁了。我细心地观察了她近半个小时，那本书她连一页都没翻过，脸色却越来越阴沉，越来越沮丧。

看着布兰奇小姐这副模样，玛丽和两位埃希顿小姐都不敢单独去书房啦。于是，她们又央求山姆传个话，想一块儿去算命。也不知山姆跑了多少趟，最后那位女巫终于同意了。

三位姑娘进去后，书房里便没有安静过，一会儿是歇斯底里的大笑，一会儿是短促的尖叫，断断续续过了有二十分钟，她们猛地打开门飞奔出来，气喘吁吁地报告着：“太神啦，她居然什么都能算出来！我们的事儿她全知道！”

原来算命的女巫竟然算出来她们小时候说过的话、做过的事，准确描绘出她们闺房里的书、装饰品、纪念品，甚至能摸透每位姑娘的想法，在她们耳边悄声说出各自最喜欢的人，说出各自的夙愿。

我也被提起好奇心，正想再细听听，仆人山姆到我身后对我说：“对不起，小姐，吉普赛人说，房子里还有一位未婚女士没有去见她，她发誓不见到所有的人就不走，想必这就是你了。”

“哦，我一定去。”真高兴能有这个意外机会来满足我那强烈的好奇心。趁着没人注意，我悄悄地向书房溜去。

第十九章

当女巫脱掉红斗篷

书房里很安静，那位女巫披着件红斗篷，头戴一顶宽边吉普赛帽子，一块条纹头巾系在颏下打了个结。此刻，她正舒服地坐在安乐椅上，借着炉火看本祈祷书似的黑封面小书，喃喃地念出声来。

看到这幅场景，我没有立即打扰她，只是将冰冷的两手搓动着，站在炉边烤了会儿。一会儿，她合上书缓缓抬起头来，那是怎样的一张脸啊：虽然帽檐遮住了半边脸，但还是能看出那黝黑的古怪模样儿。一绺头发从白带下露出来，这条带子又绕过下巴，半蒙住上下颌、面颊，最显眼的是那两道大胆、直率的目光，仿佛要洞穿我的心扉，直直凝射过来。

“你要算命，是吗？”她说，这口气就像她的目光一样果敢、粗鲁。

“我随便，你算不算都行，我可不信命。”

“说话这么无礼倒是符合你的脾性，我料定你会这样。当你跨过门槛的时候，我就从脚步声里听出来了。”

“是吗？你耳朵可真灵。”

“当然，我的眼睛、鼻子都很灵，特别是跟你这样的顾客打交道时。唔，你怎么没像她们一样打哆嗦？”

“我不冷。”

“你怎么没有脸色发白？”

“我没病。”

“你怎么没叫我算命？”

“我不傻。”

吉普赛老太婆窃笑着，掏出只黑色的短烟斗，点着后有滋有味地吸起来。我平静地等待着，她终于将目光从炉火上移了过来，阴森森地说："你冷、你有病、你傻。"

"拿出你的证据。"我毫不相让。

"你冷，是因为你孤独，无人与你交往，激发不了你内心深处的火焰。你有病，是因为赋予人类最美好、最崇高、最甜蜜的感情都远离你。你傻，是因为你尽管痛苦，却不肯迎接或追求那份感情。"说完这段话，她又将那短烟斗衔在嘴里，皱皱眉吸起来。

"好聪明的说法，对任何一个孤孤单单在大户人家中谋生的人，你都可以这样说。"

"我是可以这样说，但是不是几乎对谁都说对了呢？"

"对我这样处境的人来说是对的。"

"好吧，你要是想让我说得更明白些，就给我看看手掌。"

"得先要放上银币吧？"

"那当然。"

我给她一个先令，她掏出只旧袜子把钱币收起来，小心地系好袜子放回原处。接着，我伸出手掌，她仔仔细细贴近看着，一直没有碰触。

"太细嫩了。"她说，"细嫩的手上几乎没有纹路，其实，掌纹有什么用呢，命运又没有写在掌纹上，它写在脸上、额头上、眼睛里、嘴角处。跪下吧，孩子，抬起头让我好好看看。"

我照办了，在离她半码远的地方跪下来。她细细端详着我说："我不知道，你在那种场合，看着那帮贵妇人来来往往，心里在想什么。你和她们之间没有感情交流，就好像她们只是个幻影，根本不是什么血肉之躯。"

"你怎么知道我的境况？是仆人告诉你的吧？"

"哦，忘了告诉你，我认识那位普尔太太……"

"格莱思·普尔？"我惊得差点跳起来！

"别这么惊讶，普尔太太是个靠得住的人，她嘴紧话少，可以放心信赖。"吉普赛老太婆接着说，"你平时很注意观察普尔太太，那么，你留心过现在桑菲尔德府里的每一个人吗？”

“他们大多数跟我并没有关系。”

“那些先生呢？富有而英俊的先生们呢？”

“这些人我都不认识，再说，他们在这里爱怎样就怎样，用不着我来操心。”

“你都不认识？你跟谁都没有交谈过？那么这座宅子的主人呢，你也这么肯定吗？”

“他不在家。”

“多么绝妙的托词！他只是暂时离开，但你能因此就将他排除在熟人名单之外吗？”

“不能，不过我看不出罗切斯特先生跟这个话题有什么关系？”

“我今天只给未婚姑娘算命，难道你没有觉察到，罗切斯特先生正是目前婚姻传闻中议论的焦点吗？”

“可是，你忘了一点，你今天不是给罗切斯特先生算命的，你还没给我算哪。拜托，别让我跪得太久了，炉火烤得我很难受。”

“好吧，那就来说说你。”吉普赛老太婆终于话归正题，她朝我凝视片刻，开始喃喃自语，“你的眼睛像露珠般明亮，它敏感、温柔又多情，有时会孤独、忧郁，可你自己却不承认。你的小嘴既灵活又乖巧，它想把脑子里的东西全部倾吐出来，可大多时候还是缄默不语。你的前额，根本不会妨碍幸福的到来，它好像在向世人宣告，你可以独立生活，你拥有天生的精神财富，哪怕一切外在的欢乐全部被剥夺，它也能照样支撑着你活下去。哦！我已经制订了某项计划。这个计划命我兼顾到良心的要求与理智的忠告，它也让我明白在端上来的幸福之杯中，只要发现有一块耻辱沉渣，一丝悔恨之情，青春就会很快逝去，花朵就会立即凋零。我不要牺牲、悲伤和死亡，我的收获必须是微笑、抚慰和甜蜜，这也许是场美梦，虽然我多么想让这梦境无限延长，可还是不敢。到现在为止，我已经控制得很好，如果再演下去可能会经受一次非我力所能及的考验。起来吧，简小姐，离开我吧，戏已经散场了。”

当那如梦如幻的声音停止时，我感觉自己像看到一次神奇的魔法表演。她的口音、她的手势，一切都熟悉得像镜中自己的脸，像口中自说的话。这到底是怎么回事？我定睛看向那炉火边的吉普赛老太婆，她拉扯下帽子和条带，把脸遮挡得更严实，可也就在她举手时，我清楚地看见了那枚戴在小指上的宽大戒指——这是我见过上百次的宝石戒指啊！

那张脸已经不再避开我，相反，帽子、条带统统解除了，一个熟悉的声音响起：“简，认识我了吗？”

“只要再脱掉那件红斗篷，先生，那就……”

我的主人顺从地脱掉了伪装。

我花了十多秒才使自己平静下来：“先生，你这是个多么奇怪的主意。”

“怎么样？干得还不赖吧？”

“对那些小姐是不赖。”

“对你就不行？”

“不行。因为你在我面前扮演的不是吉普赛人，而是一个不可思议的角色。你的目的是想套出我的心里话，或者是想引我上当，这可不太公道，先生。”

“是的，确实不公道，你能宽恕我吗，简？”

我当然会原谅他，本来就没想真会有个吉普赛占卜者出现。其实从我进来那一刻起，就已经注意到她的假嗓子，注意到她遮掩面容的动作和焦虑心情，只是当时脑子里始终在想格莱思·普尔——那个活着的谜，压根儿没顾及到会是罗切斯特先生。

主人坦露他的秘密后，没有立即放我走开，他要我说说客厅里的情况，说说人们是怎么议论那个“吉普赛老太婆”的。

我没有在这个问题上纠结，但仍不忘告诉他另外一件事：“先生，在你早上离开后，从西印度群岛、可能是牙买加的西班牙城来了位陌生人，他说叫梅森，是你的老朋友。”

“梅森！——西印度群岛！”他嘴角刚刚浮现的笑容马上凝结，

像是受到一种突如其来的痉挛刺激，他不停地重复着那几个字“梅森！——西印度群岛！”，我注意到罗切斯特先生神情登时大变，脸色变得惨白。

“你不舒服吗，先生？”我关切地问。

“简，你的肩膀曾支撑过我，现在再支撑一回吧。”他撑着额头，身子在摇摇晃晃。

我努力让那沉重的身体尽量保持平衡，他慢慢坐下，紧紧握住我的手，轻轻摩挲着，用一种异常不安的忧郁神情定定地看着我。

我没有回避，也许此时的对视能传送某种力量吧。

罗切斯特先生开口了：“哦，简，我的简，真希望只和你在一起，待在安安静静的小岛上，远离这些烦恼、危险，还有、还有可怕的回忆。”

“我能为你做些什么吗，先生？”我有些不安，因为他的模样实在让人担心。

“哦，简，你去餐厅帮我端杯酒来。”他努力使自己平静些，不忘嘱咐道，“客人们会在那里吃饭的，你回来告诉我梅森在干什么。”

餐厅里，客人们正在用晚饭。因为主人不在他们便没有围桌而坐，只是取了各自爱吃的食物，端着盘碟零零落落地站着。气氛还不错，大家谈笑风生，好像顾不得想刚才的女巫事件。梅森先生正站在炉火边，和丹特上校愉快地交谈着。我避开众人倒了杯酒，布兰奇小姐注意到我，立刻皱起眉头，她肯定是认为我太放肆了。

回到书房，罗切斯特刚才极度苍白的脸色已经消失，重新恢复了严肃与坚毅。他接过酒杯一饮而尽。

“他们在干什么，简？”

“有说有笑地聊天呢，先生。”

“难道他们没有像听到过什么奇闻那样显得严肃或神秘吗？”

“一点儿也没有，大家都玩得很开心。”

“梅森呢，他在干什么？”

“在和丹特上校说笑呢。”

“简，要是这些人连成一片唾弃我、打击我，你会怎么办呢？”

“把他们赶出去，先生，要是我能够。”

主人似乎想笑，大概是想笑我不自量力吧，他没有表明这层意思，接着问：“如果我上那儿去，他们只是冷冷地看着我，彼此还讥嘲地窃窃私语，随后便一个个离去，那你怎么办？你会同他们一起走吗？”

“我想不会，先生，同你在一起我更愉快。如果能够遇到一位值得相守的朋友，我会全然不顾任何指责与他在一起。现在，我深信你就是这样的朋友。”

罗切斯特先生紧盯着我，我似乎又能从他眼里看到那夜的火苗，他静静凝视了有两三秒钟，轻声说道：“简，我的简，现在回到客厅去吧，走到梅森身边，悄悄地告诉他罗切斯特先生已经到了。你把他领到这里来，然后回房休息。”

这一次，我没有躲避众人，而是直通通地穿过餐厅，直通通地穿过那些贵宾，他们无比惊奇地看着我，我猜想这其中肯定有布兰奇小姐那不可思议的眼神，但现在，我顾不得留意这些，径直走到梅森先生跟前，轻声告诉他即将到来的约见。领他进书房后，我便上楼了。

深夜时分，我仍然未能入睡。客人们回房休息的脚步声在陆续响起，踢踢踏踏中，我听到主人的声音：“这儿走，梅森，这个是你的房间。”他那欢快的语调让我放心不少。心静月亦凉，我想我终于可以安稳睡一觉了。

第二十章

恐怖的午夜尖叫

月圆如镜，月华如水。

虽然今晚夜色绝美，可毕竟凉得有些肃穆了，已睡下的我不得不起身去拉帐子。

“噢啊——”突然，一声狂野、凄厉、刺耳的叫声划破夜空，即使是安第斯山上最大的秃鹰也不可能发出这么恐怖的声音，而这声音正从我头顶上的三楼传来！接着又响起打斗声，有一个似乎拼尽全力的微弱喊声传来：“救命！救命！罗切斯特！看在上帝的分上，你快来呀！”

我匆匆套上衣服，胆战心惊地走出房间。桑菲尔德府里所有的人都醒了，先生们、太太小姐们全起来探头张望着，惊恐地议论着。

“真见鬼！罗切斯特在哪儿？”丹特上校大声喊起来，“我在他床上没找到人！”

“在这儿，我在这儿。”罗切斯特先生的声音响起，“大家放心，我来了。”

走廊尽头的那扇门打开，我的主人举着一支蜡烛走过来，好像是刚从三楼下来。布兰奇小姐像见了救星，立即奔向他，一把抓起他的胳膊：“快说，到底发生了什么事？”几乎同时，另外两位小姐紧紧抓住了他另一只胳膊，那穿白色晨衣的英格拉姆夫人也飞奔向他。“你们别拖倒我，也别掐死我呀！”罗切斯特有些无奈地喊道，“没事，我说了没事！太太小姐们，快放开我，我要发火啦！”

我注意到，主人此时看起来确实非常吓人，眼里好像能冒出火花，他竭力安定着自己，也安定着周围的人们：“是这么回事：有个女仆刚才做噩梦，她平时就有点儿神经质，可能是梦到鬼怪什么的，吓得发了病。好了，先生们回房休息吧，太太小姐们你们要再在这冷冰冰的走廊待下去，会着凉的。”

就这样连哄带吓的，客人们终于都回房了，我也悄悄回到了自己的房间。但我不相信主人的话，那从头顶房间里传来的怪叫声、打斗声、呼救声实在令人怀疑，我坐在床边静静回想着刚才的事。

月，在渐渐沉没，光亮越来越微弱，四周重又静谧起来。“笃、笃”有人在轻轻敲门。

“是叫我吗？”我问。

“你能穿好衣服出来吗？”是主人的声音。

一分钟后，我打开门，罗切斯特正举着蜡烛：“你屋里有海绵和嗅剂，就是嗅盐吗？”

“有。”

“带上它们，跟我来。”

我有些惶恐但还算迅速地跟着他。

“小心点，别弄出声音。”罗切斯特非常谨慎，我们小心翼翼地来到三楼那扇菲尔费克斯太太带我参观时见到的黑色小门前，用钥匙打开门进去。里面还有扇门，勉强透出些许亮光，罗切斯特先生放下蜡烛让我等着他。

他一进入那扇小门，格莱思·普尔魔鬼似的“哈！哈！”怪笑声便响起，除此之外，我好像还听见一种很轻的动静。很快，主人出来了，他举起蜡烛带我走到屋内大床的另一边。这时我才发现，那个梅森先生竟然满身是血地坐在安乐椅上！

“拿住蜡烛。”主人的声音不容置疑，我照办了。他将嗅盐瓶放在梅森鼻子底下，又用海绵浸水不停地擦拭起眼前这个血人，梅森先生的一侧肩膀还裹有绷带，也被他用海绵迅速吸干了淌下的血。

“我有生命危险吗？”梅森先生喃喃地问。

“别废话！伙计，你只不过破了点皮肉。”主人转向我：“看来我得去请个医生，希望早晨能赶回来。简，你要帮我看护他，大概一

个小时吧。”

我张了张嘴，那可怜的人又呻吟起来，我只能按照主人的做法开始给他清理伤口。“记住别说话。”罗切斯特再次嘱咐了句，便锁上门匆匆离开了。

当他的脚步声完全消失以后，我觉得非常害怕且有很多疑问：格莱思·普尔在屋里到底干了什么？她是袭击梅森先生的凶手吗？梅森先生住在二楼，怎么会出现在这里？又为什么会遭此暴行？长夜漫漫，我的思考毫无结果。梅森先生仍在不停流血，我一次次拿嗅盐给他闻，一次次用海绵给他擦拭血迹，可是，情况越来越糟，他痛苦地呻吟着，越来越坚持不住了。

当黎明到来时，时间已过去将近两个小时。终于，我听见了开门声，谢天谢地！主人回来了，后面还跟着请来的外科医生。

“喂，卡特医生，你只有半小时把他收拾好。”罗切斯特说。

卡特医生耸耸肩，然后为伤者仔细地解开绷带：“这是怎么回事？肩上的肉像是被刀子割裂，但这伤口不是刀子捅的，像……像是用牙齿咬的。”

“没错，是她咬的我。”梅森先生艰难地回答，“罗切斯特夺下了刀子，她就像只母老虎一样冲上来咬我。真可怕！我没料到会这样，一开始她是那么安静。”

“我告诫过你，”主人说，“走近她时务必要小心。本来你可以等到明天和我一起来，谁知你非要今晚上独自行动，真是傻透了！”

“她吸血，说要把我心里的血吸干。但愿我能忘记这一切。”

当梅森先生说到这儿时，我发现，一种厌恶、恐惧、憎恨的复杂表情令罗切斯特的脸几乎变了形，他强力控制住自己：“好了梅森，别再提了。等你回到西班牙，就可以当她已经死了，或者你压根儿不必再去想她！卡特医生，快！太阳就要出来了，我得让他在太阳出来之前离开这里。”

“可我怎么也忘不了今晚。”

“不会忘不了的。伙计，振作一点。行啦，卡特已经包扎得差不多啦，一会儿我就把你打扮得整整齐齐。”罗切斯特又递给我钥匙：“简，拿着，到我房间里，打开更衣室顶端的抽屉，取件干净的衬衫和一条围巾，拿过来，动作利索点。”

我去了，并且很快带着衬衫和围巾回来。

“你下楼的时候别人有动静吗？”主人关切地问道。

“没有，先生，一点儿动静也没有。”

“行啦，我要替他梳妆打扮了，你到床那边去，不过别离开房间，也许还需要你。”我按他的吩咐做了。

“我们会小心送你走，这对你自己、对那边的可怜虫都比较好。我一直竭力避免暴露，不愿意弄到最后还是泄露出去。来，卡特，帮他穿上背心。你的毛皮斗篷放在哪儿了？简，跑下楼到梅森先生的房间去，就在我隔壁，把他斗篷拿来。”我迅速跑去捧回了一件毛皮里子、毛皮镶边的大斗篷。

“现在我还要差你做另一件事，”那不知疲倦的主人又说，“你得再去我房间一趟。幸亏你穿的是丝绒鞋，简！你再从更衣室中间抽屉里，拿一个小瓶子和小杯过来，要快！”我飞也似的去了又来，揣着他要的东西。

“干得好！行啦，医生，我要擅自用药了，这瓶兴奋剂，是我从罗马一位意大利庸医那儿搞来的，这东西不能包治百病，但有时候还算灵。简，拿点水来。”他递过那小玻璃杯，我从水瓶里倒了半杯水。

又往里滴了十二滴深红色液体后，罗切斯特将它递给梅森：“喝吧，它能让你保持一小时左右。喝呀！”

三分钟后，梅森先生就站起来了：“我感觉确实好多了。”他甚至能在主人和医生的搀扶下试着走了几步。

“好了。简，你去后楼梯把边门打开，再告诉院子里的车夫做好准备，我们马上就来。”

这时已是五点半，太阳就要升起。我那双丝绒鞋没有发出一点儿声音，打开边门，果然看见车夫已经准备好马车。罗切斯特先生将梅森和卡特都送上了车，又对医生说道：“照顾好梅森，让他住你家里，过两天我就去探望。”

梅森先生不知为什么流下眼泪：“你会照顾好她吗？”

“我现在会，将来也会。”我的主人斩钉截铁说完这句话，用力关上了车门。太阳尚未露脸，马车载着昨晚的秘密已经消失了。

“上帝保佑，统统都完结了！”罗切斯特先生如释重负，关好院门后，他转身叫我：“简！陪我待一会儿吧。”

我感觉主人整个都放松下来了，他望着自己的居所：“你觉得这所房子像座监狱吗？”

“我觉得是豪华大厦，先生。”

“你是用着了魔的眼光来看它，只有在院落里，一切才显得那么纯真香甜。”他沿着小径走去，此时，阳光穿透林间遍洒在小径两边的花草树木上，连小径也被照射得明媚洁净。

我的主人罗切斯特先生竟然摘下一朵初开的玫瑰：“简，送给你。我让你一个人与梅森待着，你怕吗？”

“谢谢，先生。我怕有人会从里间走出来。”

“我走时拴上了里间的门，钥匙在口袋里，你很安全，我心爱的小羊。”

“格莱思·普尔还会住在这儿吗？她好像总让你烦心，先生。”

“是的。别为她去烦神了，忘掉这事儿吧。”

“你昨晚的担心还会有吗，先生？”

“梅森不离开英格兰，我无法担保，甚至他走了也不行。我每一天就好像站在火山表面，地壳随时都可能爆裂，都可能喷出巨火。”

“梅森先生好像不会伤害你。”

“他不会跟我作对，也不会故意伤害我。不过有可能会因一时失言断送我的性命，或者，断送我一生的幸福。上帝保佑我，来，简，这凉棚下有椅子，坐下吧。”

虽然教师的身份是如此不合时宜，但我想此时不应该拒绝，于是，我和主人并排坐在凉棚下。

“好吧，我的小朋友，我想告诉你些事。发挥你的想象力：假如你不是受过精心培养和教育的姑娘，而是一个幼年时代就放纵任性的男孩，在遥远的国度铸成一场大错后，你心力交瘁回到家里。在家里你结识了一位陌生人，陌生人身上有着很多新鲜健康而出类拔萃的品质，这种品质能使人奋发，催人新生。如果情况是这样，那你愿意与陌生人永远相依，来获得内心的宁静和生命的复苏吗？”

“先生，”我回答，“一个流浪者要安顿下来，或者一个罪人要悔改，不应当依赖他的同类，而是让他从高于同类那儿，企求改过自新的力量，获得治疗创伤的抚慰。”

“可是方法呢？用什么方法？告诉你吧，我相信找到了救治自己的方法，那就是——”罗切斯特先生的表情忽地变得极为焦灼，极为粗暴，还有嘲讽，“小朋友，你注意到了我对英格拉姆小姐的柔情吧，要是我娶了她，你不认为她会使我彻底新生吗？”

我没有回答，他猛地站起身，来来回回走着，顿住脚步道：“简，简，你冻得脸色都发白了，什么时候你能再同我一起守夜呢？”

“凡是用得着我的时候，先生。”

“比如，我结婚的前一夜！你会坐着陪我吗？”

“当然，先生。”

“糟糕！登特和林恩就在那边马厩里！”罗切斯特忽地降低声音说，“快！你穿过灌木从边门回去吧。”

我很听他的话，走向了另一边。我的主人则愉快地同别人打起了招呼：“嗨！早上好。梅森没等太阳出来就走了，我四点起来送的他。”

第二十一章

重回盖兹海德府

几天后的一个下午，我被仆人叫下楼，说是有位远道而来的客人等着见我。

他看起来像是某位绅士的男仆，身穿重孝，帽子上也有一圈黑纱。我进屋后，不等开口询问，他便开始自我介绍："小姐，恐怕你已不大记得我了，我是利文，八九年前你在盖兹海德府里时，我给里德太太当车夫，现在还是。"

"哦！利文，你好，我记得你，那时候你还让我骑过乔奇安娜的栗色小马呢。白茜怎么样？你不是和她结婚了吗？"看到旧时故人，我很高兴。

"谢谢你还记得，小姐。我妻子她挺好，两个月以前，又给我生下了第三个小家伙，我们现在都很好。"

"府上的人都还好吗，利文？"

"很抱歉，小姐，眼下他们糟糕得很。"

"怎么？"我瞅了瞅利文身上的黑纱。

"约翰先生一个星期前去世了，死在伦敦寓所里。"

他说的约翰先生就是盖兹海德府里经常欺压我的那位十四岁暴君，听到这个令人震惊的消息，我居然没有恨意也没有激动，也许是因为时间的消磨吧。我接道："以前听白茜说过一点儿关于他的消息，好像他过得不怎么样。"

"岂止是不怎么样？简直是糟糕透顶！"利文解释着，"他跟一帮再坏不过的狗男女们长期厮混，不仅把身体糟蹋毁了，还把家产差点儿赔光。约翰先生坐过两次牢，里德太太花了大笔钱把他弄出来，可他仍然恶习不改。你知道，约翰先生脑子迟钝，那帮狗男女就不择手段地欺骗他、套他的钱。三个星期前，他又回到盖兹海德府要钱，太太哪里还敢给他仅剩的那点儿财产，于是，在他返回伦敦没多久，就传来了死讯。没人知道约翰先生到底是怎么死的，光说是自杀。”

这消息实在是太可怕了！我平静心绪后问：“里德太太肯定受不了这种打击，她现在怎么样？”

“你说得对，小姐，她根本没法承受。这个坏消息害得她中了风，一直躺在床上很少说话。从上星期开始她突然叽里咕噜起来，昨天白茜才弄明白，她念叨的是你的名字，还说‘去把简·爱叫来，我有话同她说’。两位小姐起初不同意，后来拗不过她总是唠叨，就派我来接你回去。小姐，如果你愿意的话，我想明天一早就陪你回去。”

“我想我应该回去，你等我先去请个假。”我略略思量后这么回复了他。

主人正在台球室陪着布兰奇小姐等几位客人在玩，当我悄悄走近他时，布兰奇小姐脸上的傲慢神情又开始出现，她看到我，非常优雅地做了个动作，掉头向我的主人问道：“那人是来找你的吧？”罗切斯特迅速回转身，扔下球杆随我离开了台球室。

“有什么事吗，简？”关上教室的门，他问我。

“我想请一两个星期的假。”我说。

“干什么？你要上哪儿？”还是那种霸道的口气。

“去XX郡的盖兹海德府，看望我舅妈。”

“真见鬼！你以前跟我说你没有亲戚。”

“是没有一个肯认我的亲戚。”

“简，这到底是怎么回事？”

我把情况简略向主人叙述了一下，他一直沉默着听我说完，“约翰·里德？我听过这个名字，听说他是一个地道的无赖。好吧，我会准你的假，但你要告诉我，打算去多久？”

“我只能说尽量不耽搁，先生。”

“答应我，一个星期，好吗？”

“最好还是别定下日子，先生，办完事我肯定会回来的。”

“你怎么去，身上有钱吗？我还没付过你的薪水呢。你的钱不多了吧？”

“里德太太派来了车夫，路上你不用担心，我们明天一早就出发。”边说我边掏出钱袋，取出那仅有的一点儿钱：“五先令，先生。”

罗切斯特笑了，他拿着皮夹，抽出张五十英镑的钞票递过来：“收下吧，总会用得着的。”

我拒绝接受这么多钱，他只欠我十五英镑。主人皱皱眉又说道：“行！现在还是不要全给你的好。要是你有了五十英镑，也许就会待上三个月。十英镑，够吗？”

“够啦，先生，不过现在你欠我五英镑了。”

“那就想着回来取你的四十英镑吧。”

我又趁这个机会跟罗切斯特先生谈了关于阿黛勒的问题。相处这么久，我对那个巴黎小姑娘已经有了很深的感情，如果他很快就同布兰奇小姐结婚，我怎么会忍心看她夹在两个都不喜欢她的人之间呢？所以我建议最好在他结婚之前送阿黛勒去学校。

我的主人敏感得就像头老虎咆哮起来：“让她别碍着我和新娘，对吧？你的建议真有道理，送走阿黛勒，接下来你就可以理所当然地另谋高就，是不是？”

“我当然希望不是，可事若至此，我会考虑另外找个职位。”

“啊？让我想想，你是不是正好借回去的机会，去求里德太太或她的女儿帮你找吧？”

真是匪夷所思，主人原来也有小心眼！我这样想着，但还是平静地回答：“不，我会去第二次刊登求职广告。”

“你还可以大步跨上埃及金字塔，是不是？”他还在咆哮着，“但愿我刚才只给了你一英镑，而不是十英镑。把九英镑还给我，现在就还给我！”

“不，我还有用呢，这钱无论如何也不给你。”我紧紧抓住钱包藏到背后。

“小气鬼！问你要点儿钱都不肯！那给五英镑吧。”

“五英镑？五先令、五便士都不给你。”

“真郁闷，总可以让我看看那钱吧？”主人的样子像在恳求。

“不，我现在不能相信你。”

“好了，好了，简，我的简，不问你要啦。不过你要把求职这事交给我办，这行吗？不要到处去登求职广告？”

“我很乐意这么做，先生。只要你答应我，在新娘进屋之前让我和阿黛勒太平地离开这里。”

“很好，很好！我保证做到。”他终于妥协了，这让我很高兴，总算让我把这只老虎驯服了一次，我有点儿得意，也觉得有点儿有趣，他竟然会跟我拉锯似的要钱！

五月一日下午五点钟左右，我回到了盖兹海德府。进宅子之前，我先去在白茜的小家里待了一个小时，当我见到伊丽莎和乔奇安娜时，两姐妹的强烈对比还是很让人吃惊。

伊丽莎面色灰黄，表情严肃，神态中有着某种禁欲主义的色彩。她的头发从两鬓往后梳，戴着修女似的饰物：一串乌木念珠和一个十字架。乔奇安娜妖艳美丽，有着白蜡般的肤色，精致绝伦的五官和金黄色卷发，看上去时髦又性感。她们并排站起时显得极不协调，一位像清教徒，另一位像前卫女郎。

与两位名义上的表姐见过面后，我没用白茜带领，径直走向里德太太的房间。轻轻推开房门，房间里一切如故。我走近床榻撩开帐幔，又看到让我带着苦涩与憎恨离开的那个女人。虽然她已年老、衰弱得不成样子，但那严厉无情的眼神、专横独断的眉毛还是非常熟悉，痛苦的岁月仿佛再次回到眼前。我努力克制着自己，直视那双烟灰色眼睛，弯下身子吻了吻她。

里德太太像是清醒了些：“是简·爱吗？”

“是我，里德舅妈，你感觉怎么样？”

虽然我曾发誓永不再叫她舅妈，可面对一个行将入土的老人，我还是违背了自己的誓言。一股温情悄悄涌上心头，我本想紧紧握住她

那只苍老的手，但里德太太却毫不犹豫地、努力地抽了回去。这个动作立刻惊醒了我，当她再次冷冰冰地转过脸时，我明显感觉到她曾对我的那种憎恶情感丝毫没有改变。

痛苦与愤怒刹那间蜂拥而来，我拼命克制住将要流出的眼泪，搬了张椅子坐在床头："你派人叫我来，现在我来了，我打算住几天，看看你的病情。"

"好的，你一会儿可以告诉我女儿，我希望你留下跟我谈些事。不过今天太晚了，我很难打起精神说话……"她烦躁地翻个身，想拉过被子盖一下，我的胳膊肘正好压着被角，她立即发起火来："坐直了！别压着被子，别惹我生气！"

"你这个孩子总是给我带来很多麻烦。"里德太太像神经质一般，突然亢奋起来，喋喋不休地数落我，真是令人难以相信，那么孱弱衰老的躯体里竟还有那么充沛的能量。这种疯狂让伊丽莎和乔奇安娜也束手无策。直到白茜强制性地注入一针镇静剂后，她才又慢慢昏睡过去。

十多天过去了，里德太太要么神志不清，要么沉睡不醒，我没有再和她谈过话。盖兹海德府往日的繁华早已远离，幸好我带了画笔来，可以常常独坐窗下，随意勾勒脑海中的图案。直到有天，手中的画笔无意识地描绘出一幅熟悉的面容来，我才意识到，罗切斯特先生早已沉淀在我的思念中。

一个风雨交加的下午，伊丽莎去了教堂，乔奇安娜在沙发上睡得正香，我再去楼上看了看那位濒危的病人。里德太太神志稍微清醒些了，但身体却更糟糕了，她甚至都翻不动身子。我轻轻走到她床前，俯身说道："里德舅妈，我来了。"

"谁？你是谁？"

"是我，里德舅妈，我是简·爱。"

"哦，"她喘息了好一会儿才说，"还是谈谈吧，我想我不行了。很后悔接连两次做过对不起你的事，一次是违背了我向丈夫许下的、把你当作亲生孩子抚养成人的诺言。另一次……"她说得有些艰难，也有些痛苦，苍老的面容甚至有些变形，似乎正在经历着某种内心的冲动，

“另一次是我对你隐藏了……隐藏了一个三年前的秘密……去拿我的化妆盒，打开它，把那封信……里面的那封信拿出来。”

我取来了那封信。“读读它吧。”里德太太说。

这是封三年以前的短信——

夫人：

烦请惠寄我侄女简·爱的地址，并告知其近况。我欲立即去信，盼她来马德里我处。承蒙上天保佑，怜我辛勤，目前我已薄具资产，然因独身无后，甚望有生之年将她收为养女，并在死后将全部财产馈赠予她。顺致敬意。

约翰·爱谨启于马德里

“怎么我从没听说过这件事呢？”我问。

“因为我恨你，恨定了、恨透了！恨到不想让你走运！”里德太太情绪又激动起来，说话反倒流畅起来，“我忘不了你对我大发脾气，你让我无奈，更让我害怕，所以我写信告诉他，说你在劳渥德学校染上伤寒死了！现在，你可以马上告诉你叔叔，揭穿我的谎言！”

经过这一番长篇大论，里德太太已经虚弱至极，我轻轻安抚着她：“舅妈，别去想这事了，宽恕地去看待它吧。”

我把脸颊凑向她嘴唇，她不愿碰，那双渐显迟滞的眼睛开始渐渐游移……“随你爱也好、恨也好，你已彻底得到我的宽恕，现在，去请求上帝的宽恕吧，安息了，舅妈。”我最后说道，她陷入了昏迷。

那天晚上，她死了，没有人为她掉下一滴眼泪。

第二十二章

愉快的重逢

里德太太的葬礼并不隆重，只是在完成一项既定的流程。平常的墓穴、肃穆的教堂、庄严的仪式、几个身着黑衣的仆人和佃户，再就是特意赶来安排后事的吉布森先生，还有里德太太的两个女儿和我。

葬礼对乔奇安娜是个盼望已久的解脱。她履行完最后这项义务后，毫不犹豫地跟着舅舅吉布森先生去了伦敦。伊丽莎坚持要我再留一个星期，帮着照管家里、接待来客、回复吊唁信什么的，自己则紧锁房门，将全部的时间和精力用来收拾房间、清理抽屉、烧毁信件、打点行装等。

一天早上，她告诉我：“简表妹，十分感谢你的帮助，你可以自由行动了。明天我要动身去法国里尔附近的一个修道院。在那里我会安静度日，潜心钻研罗马天主教，也许还会去当修女。”她的这个决定，在我看来是顺理成章。所以，我没惊讶，也没劝阻：“这种天职对你再适合不过了，但愿它会对你大有好处。”我说道。

后来，伊丽莎真的成为修女，在那座修道院里当上了院长，她把里德家族最后一点遗产全部捐给了院里。而乔奇安娜在伦敦结了门对她有利的亲事，嫁给了当地上流社会的有钱老头。

罗切斯特先生只准了一星期的假期，而现在已经过了整整一个月。一个月的时间谁知道都会发生些什么事呢？接下来我该好好考虑自己的后路了。

处理里德太太的后事时，我曾收到一封菲尔费克斯太太的来信。她在信中告诉我那儿的聚会已经散了，罗切斯特先生在三星期前去了趟伦敦，据说大概半个月就能回来。菲尔费克斯太太猜测，他可能是在为婚事作准备，因为他说起过要买辆崭新的马车。虽然以前她并不看好罗切斯特先生和布兰奇小姐的婚事，但现在她也不得不相信婚礼即将举行了。

收到信后的好几个夜晚，我都连续做着同一个梦。梦里我被布兰奇小姐关在桑菲尔德府大门外，她手指着另一条路让我走，而我的主人、我爱慕过的主人罗切斯特先生却冷笑着袖手旁观。可怕的梦是不是要成为现实了？这种纠缠与回归的感觉相互交织在一起，让我在返回桑菲尔德府的途中十分烦躁。

为在行程将近时能让自己彻底平静下来，我没有将归期告诉菲尔费克斯太太，所以到米尔考特时也不会有马车来接我。把箱子托付给乔治旅馆以后，我打算步行回去，正好可以借此时间平复一下那颗屡屡驿动的心。

暮色已经降临，但偶尔还能看见点亮色，西边那红彤彤的晚霞看着就像点燃的火焰从缝隙中射出的金色光芒。

路程在渐渐缩短，我能想象到菲尔费克斯太太会平静而微笑地表示欢迎，小阿黛勒会蹦蹦跳跳地扑到我怀里，桑菲尔德府熟悉的气息将再次笼罩我、淹没我。可为什么我不敢承认，我想的其实并不是她们，而是这座豪宅的主人——亲爱的罗切斯特先生呢？

当我戴着面纱的身影出现在路口时，石头台阶上有位男士手拿纸笔在写着什么，正是主人罗切斯特先生！

没想到在门口就撞见他，我想逃避，想挪动那两条走得太快的腿，可是已经晚了！我的主人已经看向我，“嘿！你回来啦，快过来呀。”

我取下面纱，既然无处可逃只能向前了。那个日思夜想的男人还在对面不停嚷嚷：“真的是你吗，简？你从米尔考特走回来的？哎呀，这又是你的鬼点子，不叫一辆马车，像个普通人一样咔嗒咔嗒穿过街道和大路，而且还偏要在黄昏薄暮时才偷偷回来，就好像你是个梦，是个影子！快告诉我，你为什么这么迟才回来？”

这时我刚巧走到他面前，“先生，我一直在陪舅妈，她去世了。”

“真是个地地道道的简氏回答！但愿善良的天使保护我吧！要

是我有胆量的话，真想先摸摸你，看看眼前的你到底是人，还是幽灵！”他好像还不解恨，又重重加了句，“小淘气鬼，离开我整整一个月，我敢说，你一定把我忘得一干二净啦！”

真是场愉快的对话！尤其是他最后那句话令我欣慰不已，他好像是想告诉我，主人很在乎我是不是忘了他呢。我没有顺着往下说，反而问他：“先生，听说你去过伦敦了？”

“去了。你怎么知道的？你有千里眼吗？”真不知道，还有哪个男人能像他这么蛮横无理。

我答道：“是菲尔费克斯太太写信告诉我的。”

“那她告诉你我去那儿干什么了吗？”

“当然告诉了，先生，人人都知道你去那儿的使命。”

“简，我一定要请你看看那辆马车。你得告诉我，它是不是完全适合罗切斯特太太。哦，我的新娘，但愿我在外貌上能同她更般配一点。简，你既然是个仙女，那么现在就告诉我——能不能赐予我一种魔力或者有魔力的药，让我变成个英俊男子呢？”

“这连魔力也无法帮你实现，先生。”

罗切斯特先生微笑地看着我。这种笑容对我来说就像感情的阳光，那么难得一见，那么弥足珍贵。

“回家吧，我的简，快回去歇歇你那双奔波劳累的小脚吧。”他说着让出条道。

我一声不响地穿过石阶向前走去，本来打算就这么平静地离开他，但此时，一种莫名的冲动催促着我转回身，催促着我说出下面的话：“罗切斯特先生，谢谢你的关怀。回到你身边，我感到非常高兴，你在哪儿，哪儿就是我唯一的家。”

我掉头就走，走得那么快，他被远远落在后面，就是想追也追不上。

小阿黛勒见到我差点儿乐疯了，菲尔费克斯太太照例以朴实的方式接待了我，莉亚朝我微笑着，甚至连索菲也愉快地用法语对我说了声“晚上好”。真是令人心情舒畅啊，你为朋友所爱、所牵挂，你也曾为他们带来过欢乐，这是多么巨大的幸福，多么令人怀恋的感觉呀。

那个晚上，我努力不去想将来可能发生的事。用过茶点，菲尔费克斯太太拿起她的编织活，我在旁边的矮凳上坐下，阿黛勒跪在地毯上紧紧依偎着我。我们三人就像是相亲相爱的一家人，共同享受着这久别重逢的一刻。

罗切斯特先生不声不响地走进来，他在身后看了好一会儿，似乎也被这温馨场面打动。他开玩笑地说起“老太太看到养女回到身边，现在准定称心如意啦”“阿黛勒正想把她的‘英国小妈妈’一口吞下去呢”这些带有丝丝暧昧的话语，使我偷偷产生了点希望，但愿他在结婚之后，我们能继续享受他的庇护，继续看到他那阳光般的笑容。

两个星期过去了，桑菲尔德府平静得让人生疑，没有任何人提起关于主人的婚事。我很奇怪，差不多每天都要跟菲尔费克斯太太旁敲侧击地打听，但她也很迷惑，说曾问过罗切斯特先生打算什么时候把新娘娶回家，可主人只是做了个高深莫测的表情就再无回答。

还有一点更让我奇怪的是布兰奇小姐所在的英格拉姆庄园虽然远在二十英里之外，但这点路程对善于骑马的罗切斯特先生又算得了什么呢。而他们却这么长时间没有联系，会不会是婚事告吹了？我注意观察主人的脸色，希望从上面看到有没有伤心、愤怒、失望之类的表情，可他好像是存心让我捉摸不透，不仅没有丝毫不快，反而经常会叫我到跟前，想方设法地哄着我说话。

真不知道这是怎么回事，他对我从来没有像现在这样亲切过。而我，也从来没有像现在这样深爱着他。

第二十三章

我愿意嫁给你

英格兰的仲夏很少像今年这么迷人，阳光如此灿烂，天空如此明净，旷野生绿，微风吹拂，低飞的鸟儿快速穿行着，欢乐与美好充溢着整个夏季。上天赐予的恩惠同样降临在桑菲尔德府，四周的田地收割得干干净净，阳光播撒在绿油油的牧场上，明亮地映衬着整个庄园。

阿黛勒今天玩累了，睡得特别早。安顿好她以后，我悄悄步出屋子来到果园里。果园里枝繁叶茂，再加上暮色渐浓，蜜露初降，没有哪儿比这里更像伊甸园。我静静地穿行在果园里，体味着大自然的种种美妙。蓦然，我看见前方有个人影正背我而立，是罗切斯特先生。

我注意看了看，罗切斯特先生正在抽烟。也许还没发现我。我正准备偷偷溜走，那个身影动也没动，轻声地说："简，我们随意走走吧，这么可爱的夜晚，待在屋子里太可惜了。"我苦思冥想也找不出个脱身之计，只好缓缓拖着脚步跟在他身后。这时候，罗切斯特先生又施展他的口才，开始逗我说起话来："简，你看，夏天的桑菲尔德府还是挺可爱的吧？"

"是的，先生。"

"你一定有些依恋桑菲尔德府了，不只是这座庄园，还有庄园里的小傻瓜阿黛勒，还有朴实的老管家菲尔费克斯。"

"嗯，我很依恋这里，对她们两人有了深厚的感情。"

"可惜呀！如果要同她们分手，你会难过吗？"

"是我得离开桑菲尔德府了吗，先生？"

"是的，简，我会亲自为你再找一个工作和安身的地方。"罗切斯特先生还是说出了我的预料，“因为大约再过一个月，我就要当新郎了。”

我低下头，拼命忍住眼泪，说道：“谢谢你，先生，我……”

他摆摆手，说：“用不着道谢，简，其实我已经为你打听好了，你可以去大海那边爱尔兰康诺特的苦果山庄，为奥高尔太太教育她的五个女儿，我想你会喜欢上那里的。”

“可是路太远了，先生。”

“没关系，你的独立意识很强，不会害怕航行和路远吧？”

“不是怕航行，而是怕路远。再说，还有大海隔开了英格兰……隔开了桑菲尔德府……还有……”

“还有什么？”

“还有你，先生。”我冲口而出，眼泪无声地滑落。一想起在我与主人之间，注定要横亘着财富、地位和习俗的无边障碍，我的心就彻底凉透了！

我的主人、我爱的男子这样回应道：“等到了苦果山庄，我就永远见不到你了，我也不会去那个我不喜欢的国家。简，我们一直是好朋友，是不是？”他等我点点头，接着说：“朋友在离别的前夕，往往喜欢亲密无间地度过余下不多的时光。看，这儿有排围着七叶树的凳子，就让我们今晚安安心心坐在这儿吧，可能今后就再也没有这样的机会了。”

主人招呼着我坐下，他自己也坐在旁边，说：“去爱尔兰确实路途遥远，简，我很抱歉让你去做那令人厌倦的旅行。要是没有其他办法那又该怎么办呢？简，看着我，你觉得我们之间有相配或者是相似之处吗？”

我没敢回答，他又自顾自说道：“有时我对你有一种奇怪的感觉，尤其是现在，像这样靠近我时，就好像我左面的肋骨有一根弦，跟你小小身躯某个部位紧紧维系在一起，难分难解。如果咆哮的海峡和二百英里的陆地把我们远远分开，那么，这根情感交流的弦可能会折断，接下来我的心就会流血，而你，恐怕会彻底地忘掉我。”

“我永远不会，先生，永远不会。”终于忍不住，我小声哭泣起来，感觉自己在痛苦地战栗。

“你哭什么？是为将要离开桑菲尔德难过吗？”我的主人可能现在才注意到那不听话的泪水吧。

此时，悲与爱在我内心碰撞出一股强烈情感，既然临别在即，为什么还要压制自己的内心？是的！我要将对他的爱恋与现在正经受的痛苦统统说出来！

于是，这番话就像突然暴发的洪水一样倾泻而下：“是的，离开桑菲尔德我很伤心，我爱桑菲尔德，我爱它是因为我在这里至少度过一段充实、愉快的生活。在这里，我没有遭人践踏，没有变得古板僵化，没有混迹于志向低下的人之中，也没有被排斥在同光明、健康、高尚的心灵交往的一切机会之外。我能面对面地与我所敬重的人、与我所喜欢的人——也就是与一个独特、活跃、博大的心灵交谈过。罗切斯特先生，我一想到必须要永远离开你，就觉得非常恐惧和痛苦，就像让我非死不可一样。”

“你从哪儿看出必须如此？”他突然问道。

“是你让我明明白白看到的，在布兰奇小姐、你的新娘这件事情上。”

“她？我没有这样的新娘！”

“可是你终会有的。”

“对，我会有的，终会有的！”他怎么有点儿神经质？

我顾不了这么多了：“先生，那我就是非走不可了。”

“不！你非留下不可！”他的声音陡然提高，“我为此发誓，非要你留下不可！”

难道让我留下来继续忍受来自布兰奇小姐那无边无际的羞辱吗？我气恼极了，站定身形一字一顿说道：“我告诉你我非走不可！难道你认为，我会留下来甘愿做一个对你来说无足轻重的人？你以为我是一台没有感情的机器？我的心灵跟你一样丰富，我的心胸跟你一样充实，要是上帝肯赐予我一点姿色或充足的财富，你会和我现在一样难分难舍，因为我不是在根据习俗、常规，甚至也不是用血肉之躯同你说话，而是用我的灵魂在同你的灵魂对话，我们本来就是平等的！”

“我们本来就是平等的。”罗切斯特先生重复了句，“就像这样！”他猛地将我抱住，紧紧搂在怀里，不停地亲吻着。

我拼命挣扎着：“我要离开，离开！”

“简，我的简，安静点，别像只绝望的小鸟似的，到处乱抓自己的羽毛。”

“我不是鸟，也没有陷入罗网。我是一个具有独立意志的自由人，现在我要行使自己的意志离开你。”我再一挣扎便脱了身，在他跟前昂首而立。

“你的意志可以决定你的命运，现在，我向你献上我的手、我的心和分享我全部财产的权利。我请求你在我身边度过余生，成为我的另一半，成为我在世上最好的伴侣。”

一阵微风吹过，颤抖着穿过七叶树，我哭了。是因为这世上最动听的谎言吗？我不知道。罗切斯特先生静静地待了会儿，然后说：“到我身边来，简，让我们解释一下，相互谅解吧。”

“我回不去你身边了，回不去了。”我抽泣着，伤心欲绝。

“简，我唤你过来是做我的妻子，我要娶的是你。”

他的话我还是无法相信：“你的新娘阻挡着我们。”

他站起来，一个箭步挡在我面前：“我的新娘在这儿！与我相配、与我相似的人在这儿！简，你不相信我？你还在怀疑我吗？你愿意嫁给我吗？”他拉住我的手，我仍然没有吭气。

“不相信，绝对怀疑。”

他激动起来：“你认为我与布兰奇小姐之间有爱情吗？根本就没有！我曾有意让谣言传到她耳朵里，说我的财产还不到人们料想中的三分之一，然后我亲自去她家验证。你猜怎么着，她和她母亲都对我冷若冰霜。这样的人我怎么可能去爱她？只有你！只有你这精灵古怪的小东西，才让我视为心肝宝贝！虽然你一贫如洗、默默无闻、个子瘦小、相貌平庸，但我还是要请求你，请求你把我当作你的丈夫。”

“你说的是真的吗？你真的爱我？真心希望我成为你的妻子？”

“如果必须要发誓才能使你满意，那我现在就发誓。”

“哦，不，先生，我愿意、我愿意嫁给你。”

“叫我爱德华吧，我的小夫人。”

“亲爱的爱德华，我愿意嫁给你。”

他紧紧拽过我，贴着我的脸，喃喃地说：“上帝呀，宽恕我吧！别让别人干涉我，我要紧紧地抓住她，使她幸福。”

他拥抱着我，我像在梦里，但这个梦却如此真实，既能感受到爱人宽厚的怀抱，也能觉察到有丝丝的凉风吹过。哦，我想，此时此刻，世界上最幸福的人儿也就莫过于我们俩吧。

月色渐隐，刚才还清亮亮的夜突然黑色尽染，轻柔柔的风突然疯狂呼号，身旁的七叶树在痛苦地挣扎着、呻吟着。紧跟着，一阵电闪雷鸣，几乎只在眨眼间，大雨便开始倾盆而下！

亲爱的主人护着我快步穿过小径、庭院，逃进屋子里。可我们还是被淋湿了。主人替我取下披肩，帮我轻轻打理着沾有雨滴的头发，哦，已经十二点啦。

“快把湿衣服脱掉，临走之前，让我们说一声晚安——晚安，我的宝贝！”亲爱的主人在跟我吻别。谁也没想到，菲尔费克斯太太这时正从房间里出来，她登时立在那里，神情惊异，脸色苍白。我被幸福冲晕啦，朝她微微一笑便跑上楼去了。

待我在房间里安静下来后，菲尔费克斯太太的表情又在我心中引起阵阵隐痛。不过，这种隐痛与罗切斯特先生刚才给我的爱之宣言相比，又算得了什么呢？我那久已干涸的心中，恰像被灌入了无穷的安慰与力量，默默培育着迟来的爱情之花，看它破土而出，看它灿然绽放。

第二十四章

结婚前的一个月

都说爱情能够改变人，这话正适用于现在的我。揽镜自照，我觉得自己的脸好像也不那么平淡无奇了，瞧，那双眼闪烁着光芒，神态里蕴含着希望，脸色中透露着生气，活脱脱像是换了个人。

暴风雨后的清晨明媚动人，微风吹过，带来阵阵清新与芳香，大自然似乎在庆祝我的快乐，欢快地在我身边游荡嬉戏着。与此截然相反的是菲尔费克斯太太，早餐时，我觉察到她态度非常冷淡，神色凝重而且不发一言，我想，还是先由主人向她解释一番比较好吧，于是，用完早餐我就匆匆跑上楼了。

罗切斯特先生正在教室里等着我："简，你看上去容光焕发，笑意盈盈，非常漂亮。真让我难以想象这就是以前那个苍白的小精灵。"他热烈地拥抱我、亲吻我，明显和往日不同。"我的小天使，再过四个星期，你就要成为简·罗切斯特了，罗切斯特的夫人，听到了吗？"

我挣开他，有些吃惊，也有些不理解。这个宣言在我心头所引起的感觉不同于喜悦，是一种给人打击、使你发呆的东西，也许是恐惧?

"怎么了你，简，你脸色有些发白。"他问。

"是因为你给了我一个新名字简·罗切斯特，我听得很奇怪。"

"没错，你将成为罗切斯特太太，菲尔费克斯·罗切斯特先生年轻的新娘。"

"听起来让我不敢相信，先生，"我说，"好像只有在童话里、在白日梦里，我才会想象有这样的命运降临。"

"我会让它成为现实。今天早上，我已经写信给伦敦的银行代理人，委托他保管的珠宝很快就会送到，那是桑菲尔德女士们的传家宝。我会将桑菲尔德家族的特权和关心都给予你。”

“先生，别提珠宝了！我不喜欢，也不想要。”

现在应该说我的未婚夫了，他好像没听到我的回答，只顾着继续抒情，恨不得把那价值连城的珠宝现在就戴在我身上，而且，他还要定做一套无与伦比的美丽婚纱，就好像他娶了位仙女，非要用他所谓的那些绫罗绸缎才能配上似的。

按照他的计划，婚后还会有次蜜月旅行，他将带我踏遍他曾走过的地方。这倒让我期盼已久，于是我静静地听着他继续高谈阔论：“我们将出外度过一段快活的日子，七年前，我几乎疯狂地跑遍了整个欧洲，那时与我为伍的只有憎恶、痛恨和愤怒，而现在，我要故地重游，陪伴我、安慰我的将是一位真正的天使。”

最后一个用词让我极度不安，我忍不住回应道：“先生，我可不是什么天使，我就是我，身上没有至善至美的东西，你从我身上得不到它。而我也不会把你想象得多么高大英俊富有，你就是你，我压根儿就不会那么指望。”

“那你指望我什么呢？”

“我看到有些书里写到，新婚丈夫的热情通常不会超过半年，半年后，先生，你能确保仍然爱我而不会减弱成喜欢或者讨厌什么的吗？”

“我不仅会继续喜欢你，而且会重新爱你，真诚、热烈、永不变心地爱你。”

“你不会反复无常吗，先生？”

“对心灵如水，既柔顺又稳重，既驯服又坚强，可弯而不可折的人，我会永远温柔和真诚。”

“既然如此，那你为什么还要费尽心机地让我觉得，你想娶的是布兰奇小姐？”

我亲爱的主人微笑了：“我假装追求布兰奇，是因为想引起你的嫉妒，这样我才能确定，你也如我这般正热烈地爱着。放心好了，我善良的小姑娘，我确信，世上再没有人能像你这样纯洁无私地爱着我了，我信任你对我的感情，信任我们之间共有的爱情。”

“先生，还要请你把最新打算告诉菲尔费克斯太太吧，昨天晚上她看到我们在大厅里很是吃惊，我不想让她有什么误解。”

“好的，没有问题，我现在就去向她解释。不过，你也要做些准备，我要你一会儿陪我去米尔考特，看看在婚礼到来之前我们能做些什么。”他愉快地答道。

我穿戴好下楼经过菲尔费克斯太太门前时，她正呆呆地坐着，面前放着一本摊开了的《圣经》。看来，罗切斯特先生的解释已打断了她每日必做的功课。她见到我，好像才回过神来，管家太太说：“我感到那非常惊奇，真不知说什么好。简小姐，我肯定不是在做梦吧？你能不能告诉我，罗切斯特先生真的向你求婚了吗？一个月以后你将成为他妻子吗？”

“他是这么对我说的。”

“那么，你相信他吗？答应他了吗？”

“是的，答应了，菲尔费克斯太太。”

她大惑不解地望着我说：“罗切斯特家族的人都很高傲，他能向你求婚，真是件不可思议的事，而且，你们之间相差二十多岁，他差不多可以做你父亲了啊。我的孩子，你确定他是真的爱你才娶你的吗？”

她的怀疑让我很伤心，我能感觉泪水在悄悄涌出。

“我很抱歉让你伤心了。可是你这么年轻，对男人还缺乏经验，我真担心将来会有意想不到的事情发生。”

“怎么，难道我是个怪物？罗切斯特先生不可能真心实意爱上我吗？”

“当然不是，我的小姐。我是要你多加小心，别相信他，甚至也别相信你自己，最好你们之间还是保持点距离。”

这句话惹得我几乎要发火了，幸亏这时小阿黛勒跑了过来：“小姐，让我也去米尔考特吧，你去求求罗切斯特先生，就让我去吧。”

我当然没法拒绝阿黛勒这个小小请求，而且又能逃离眼下让人窒息的管家太太，何乐而不为呢？我们走出大门，马车已准备停当，主人正在石子路上来回踱着步，派洛特忽前忽后地跟着他。

“阿黛勒可以跟我们一起去吗，先生？”

“说了不行，我不要小丫头，只要你。”

“请无论如何让她去，罗切斯特先生，那样会更好些。”

“不行，她会碍事的。”

罗切斯特先生声色俱厉的表现，让我想起菲尔费克斯太太令人寒心的警告，内心的希望当时便蒙上了一层虚幻渺茫的阴影。在正要机械地服从他时，他瞧了瞧我的脸：“怎么啦？阳光全不见了，你真的希望这孩子去吗？要是把她撇下了，你会不高兴吗？”

“我很希望她能去，先生。”

“好吧，你这个小东西。”他朝停留在门口的阿黛勒大喊起来：“赶快戴上帽子，像闪电一样跑回来！”

阿黛勒一路上欢天喜地，虽然她比较害怕罗切斯特先生的严厉模样，但很快，她也感觉到那个经常凶神恶煞的主人也有偶露亲切的时候，于是，两人居然在马车里热热闹闹聊了一路。

在米尔考特的一个小时，并不让我喜欢，相反却觉得有些难受。罗切斯特先生给我买的东西越多，我的心里就越不舒服。我突然想到里德太太提到的我叔叔约翰·爱，他要收养我继承他的遗产。要是我能有点儿自己的财产，也许接受他的馈赠还不至于如此难堪。对，我要写信告诉叔叔就要结婚的消息，如果有一天我能给罗切斯特先生带来笔额外的财产，那眼下也许还可以心安理得地让他养着我。

回来的路上，罗切斯特先生温柔地盯着我，我再次大胆地与他的目光相遇。他的手一直在寻找我的手，我使劲握了它一下，把那只饱含热情的手甩了回去。

“你不必那么神气，”我说，“要是你再这样给我买东西，我宁愿只穿那身劳渥德学校的旧外套，一直穿下去，结婚的时候我就穿那套淡紫方格布衣服。”

“嘿！”他笑了起来，“瞧我的姑娘，她说话多有趣！谁要是拿土耳其王后宫的全部嫔妃来换这个小个子英国姑娘，我也绝不会答应。”

这个东方嫔妃的比喻又一次刺痛了我。“我丝毫比不了你后宫中的嫔妃。所以你就别把我同她们相提并论，要是你喜欢这类东西，那就走吧，先生，立刻就到伊斯坦布尔的市场上去，把你不知道怎么才能花掉的现金，投入到大宗奴隶购买上去。”

“好好，小天使，别挤对我了，我愿意听凭你的发落。”他开始休战。

“先生，我们之间的情感最好不要让太多的恩惠压碎，你还记得你说塞莉纳·瓦朗的那些话吗？那些关于你给她钻石、呢绒的话？我不会做你英国的塞莉纳·瓦朗，只会继续当阿黛勒的家庭教师，挣得我的食宿以及三十英镑的年薪。我会用这笔钱购置自己的衣装，你什么都不必给我，除了……”

“除了什么？”

“你的尊重，而我也会同样用尊重来回报你。这样，我们之间就平衡了。”

“嗨，就冷漠无礼的天性和过分自尊的顽疾而言，没人能比得上你！”他说着，马车已驶进大门，趁着罗切斯特先生起身去抱阿黛勒下车，我赶紧自个儿跳下，偷偷溜回到楼上。

傍晚七点，他准时把我叫到跟前。其实这段时间以来，每天这个时候他都会雷打不动地约我谈话，但我可不想天天听他倾诉衷肠，所以，这个傍晚我已经想好了怎么应付他。

当罗切斯特先生照例要过来拉我的手时，我央求他看在老天分上为我唱支歌。我的未婚夫当然不会那么痛快答应，他要求有我伴奏才行。这点也在意料之中，我装作很愉快地接受，但打开琴盖还没弹上两分钟呢，那位可爱的先生就粗暴地一把将我推开，自弹自唱起来。

其实这正合我意，那美妙的声音、那娴熟的技法正是我所希望享受的。罗切斯特先生用一首灼热的爱情歌曲征服了我，他自己也沉浸其中。当歌声停止，他向我步步靠近时，我调皮地激他：“你现在打算跟谁结婚呀？”

“哦，我亲爱的简竟然提出这样的问题，真是奇怪。”刚刚唱完

曲子的罗切斯特先生显然还没回过神来。

“奇怪吗？我倒觉得很必要很自然。你还说什么要与妻子同生共死，这又是什么意思呀，我可不打算跟你一块死。”

转瞬之间，他就从我脸上看到了不怀好意的笑：“哦，你不会死的，我舍不得你离开我。”

“当然会死的。不过，我会等到那个时刻的到来，而不会急急忙忙地去自焚殉夫。”

“你这个冷酷无情的小东西！你愿意安静下来，我们好好聊会儿吗？”他有些不耐烦啦。

“要是你高兴，我会平心静气的，至于说话合情合理，那我不是自吹，我现在就是这么做的。”我一句不让地回敬他。

趁他怒气冲冲地退回到房间那头时，我站起来像往常那样自然、恭敬地说了声“祝你晚安，先生”便快快乐乐地走掉啦。

我没有忘记当天晚上给叔叔写信的事，当然也不会忘记对主人实施的好方法。在后来的一个月中我沿用此术取得了很大成功。别人在场时我会恭恭敬敬，到了晚上交谈时才会不停地冲撞他，以至于他不再对我使用那些甜蜜称呼，取而代之的是“恶毒的精灵”、“令人恼火的小木偶”、“小妖精”等等。我得到的也不是抚慰而是鬼脸，不是紧紧握手而是拧一下胳膊，不是吻一下脸颊而是使劲拉拉耳朵等粗野的宠爱。而且菲尔费克斯太太好像也不再为我担忧，也许，她也开始认为我做对了吧。

第二十五章

面纱被谁撕破

幸福的时光总是很短暂，一个月倏忽而逝。真是不敢相信，明天上午八点我就成为罗切斯特先生的新娘啦。幸福近得触手可及，我偶尔会憧憬，婚礼后的爱情将是什么样呢。

所有的行李箱都已经收拾好，只等仪式完成后我们就立即启程去伦敦。整整一个白天，我没事可做，心情也始终无法平静下来。这种不平静固然是因为即将到来的幸福，但另一桩发生在昨夜的怪事才是根源所在。

罗切斯特先生昨天一早就去了三十英里外的田庄，那儿有他的两三个农场，在离开桑菲尔德府以前，有些事必须他亲自去处理。明天就要去教堂了，他碰到了什么事，怎么还没有回来呢？我焦急地等待着心爱的未婚夫。

时钟敲过九点，夜色再次降临。强劲的南风已经刮了整整一天，到了晚上，反而越来越疯狂。我走出门外，那呼啸而过、破空而来的狂乱大风竟推着我跑起来！

果园正是成熟的季节，猛烈的风势刮落了不少果子。我在里面随便走走就捡了很多掉在地上的苹果，把它们挨个收进储藏室后，我接着走进书房，看看炉火是不是还在燃烧。虽然是夏天，可这样阴沉的夜晚还是比较寒冷，何况罗切斯特先生很喜欢一进屋就亮堂堂、暖融融的。

钟声沉稳地敲了十下。我透过窗外，使劲朝道路那头望去。在并不明亮的月亮映照下，那条大道显得异常灰白，而且看不到有任何移动的黑点。一想起心爱的主人正顶着恶劣的天气在外奔波，我更是坐卧不安。与其让心里如此紧张倒不如出去迎接他，说不定他正在回来的路上哩。

虽然天色越来越可怕，可我心里只顾着为主人祈祷。还没走上四分之一英里，一阵熟悉的马蹄声与狗叫声便席卷而至。哦！是罗切斯特先生！谢天谢地，他总算平安归来了。

还是派洛特冲锋在前，它跳跃着、欢叫着，紧跟其后的主人显然看见了，摘下帽子不停挥舞着。“瞧！”他大声叫道，从马鞍上弯下腰来，伸着双手，“少了我你还是不行的。来！踩在我靴子尖上，把两只手都给我，上！”

我高兴极了，灵活一跳正好坐在他前面。他使劲吻着我而后又问：“简，我亲爱的简，天气这么糟糕，你怎么还跑出来接我？发生了什么事吗？”

“有一些，不过慢慢地我会告诉你的，先生，你不要讥笑我自寻烦恼。”

“好吧，我等着你告诉我。不管怎么样，现在我已经把迷途的羔羊揣在怀里了，是不是，简？”

说话间，马儿已到大门口，他把我放到石子路上，两人并步走入温暖的家。安顿好后，我再次来到他身边，主人正在吃晚餐，虽然疲累，但看上去气色很不错。

“来，坐下来陪我一块吃吧。简，感谢上帝，除了明天的最后一餐，这可能是你在桑菲尔德府里的倒数第二顿饭了。”

我乖巧地在他身边坐下，却实在是没有胃口。

“怎么，简？你是不是在牵挂我们明天的行程呢？”

“不。先生，我想说的是，直至今晚我还是看不清自己的前景，生活中的一切似乎都是虚幻的。”

“简，为什么会这样，我需要你的解释。”

“好吧，先生，那就请听我说。昨夜我做了很长时间的噩梦，惊醒时一道光亮弄得我眼睛发花。先生，那不是日光，是梳妆台的烛光。我还以为是索菲进屋找东西，衣橱门也大开着，里面传来阵窸窸窣窣的声音。我问：‘索菲，你在那干吗？’一个人影从衣橱里走出来，高高地端着蜡烛，仔细端详着婚礼用的面纱。我觉得很不对劲，赶紧从床上坐起来大叫‘索菲，索菲！’当时我就感觉血液凝滞不动，浑身一片冰凉！我敢肯定，那是个女人，但她不是索菲，不是莉亚，不是菲尔费克斯太太，更不是那个奇怪的女仆格莱思·普尔。”

“肯定是她们中的一个。”主人插话道。

“不，先生。我严肃地向你保证，站在我面前的人影，我从来没有在桑菲尔德府见过。那身高和体形非常陌生。”

“那她什么样，你看见她的脸了吗？”

“她又高又大，长发粗黑，不知道穿的什么，白大宽阔，像袍子，像被单，还像裹尸布。我看见她将面纱取下来，直愣愣地看着，随后往头顶上一盖，转身照着镜子。就在这一刹那，我从镜子里清清楚楚看到她的脸。天啊，先生，那简直就是个鬼！我从来没见过这样的脸，没有血色，非常野蛮!那双红眼睛骨碌碌乱转，那张脸又黑又肿！”

罗切斯特先生努力克制住平静道：“鬼通常都是苍白的，简。”

“可她却是紫色的，先生。那嘴唇肿胀着，额上皱纹紧缩，充血的红眼睛上还竖着两道浓眉，让人看着就能想到吸血鬼！”

“啊？简，她伤害你了吗？”

“没有，先生。她把我的面纱从头上一把扯下，撕成两半，疯狂踩踏着。这时候天已经快亮了，那东西举着蜡烛一步步走到我床边，俯下身子，猛地将烛光照在我的脸上，我能清楚看见那对红眼睛在渐渐逼近，然后一口气吹灭了烛火！我当时就被吓昏了！”

罗切斯特先生站起来背转身去，思考几分钟后又问：“你醒来时谁在身边？”

“没有谁在身边，醒来时天已经大亮。我连头带脸浸在脸盆里，好让自己清醒点，但却觉得浑身无力。先生，你告诉我，那个怪物是谁，她是什么人？”

罗切斯特先生好像根本不相信，他不停地说：“简，我的宝贝，那肯定是幻觉，没错，幻觉！像你那样的神经，说不定什么时候还会突然冒出点幻觉。”

我有点儿生气了："先生，我的神经不会有问题，那东西是真的，那件事也确实发生过。因为我有证据，那块从上到下被撕成两半的面纱就在地毯上。"

罗切斯特先生大吃一惊，好像浑身战栗了一下，他急忙搂住我，搂紧我脖子喃喃道："我的上帝！幸好昨晚你遇到的只是毁了面纱，幸好没有再发生更可怕的事！"

我被他搂得几乎喘不过气，罗切斯特先生急促地呼吸着，当他再松开我时，已经很高兴了："简，我的宝贝，现在我要把整个事情都给你解释清楚。那女人准是格莱思·普尔，在半梦半醒中，你看到她进入房间，看到她的行为。但因为我们的婚礼即将举行，你兴奋得把她幻想成了另一种可怖的面貌，这都是臆想，是噩梦的产物！恶狠狠撕毁面纱倒是真的，很像她干的事！我知道你会问，为什么要在桑菲尔德府里养着这么个女人？宝贝，我答应你，结婚一周年时，我就告诉你，现在还不行。简？你同意我的解释吗？"

我偏着头想了想，似乎这是唯一可能的解释。也是为了让他高兴吧，我心疼未婚夫刚才的样子，于是用一个满意的笑容回答了他。

今天太累了，我点起蜡烛，准备向主人告辞。

"索菲不是同阿黛勒一起睡在儿童室吗？"他问。

"是的，先生。"

他叮嘱道："阿黛勒的小床还能睡得下你，今晚你跟她一块睡。还有，从里面把门拴牢。上楼的时候把索菲叫醒，就说请她明天及时把你叫醒，因为你得在八点前穿好衣服，吃好早餐。"

他对我笑笑，还眨了下眼，我知道，那是在暗示我：明天，幸福即将到来。

第二十六章

意外中断的婚礼

虽然索菲很早就在给我梳妆打扮，但显然这不是件轻松活儿，将近一个小时，我们还没有完事。罗切斯特先生早在楼下等得不耐烦了，当索菲把最后一枚饰针别在新换的面纱上时，我转过身就往楼下跑。

楼梯口处，罗切斯特先生上上下下打量了我好几秒，一把拽着我去吃早餐："太美啦，我的新娘，你就像朵百合花！来，让我们动作快点吧。"时间太紧啦！他只给了我十分钟时间用餐。

步出桑菲尔德府时，我看见菲尔费克斯太太站在一旁，很想跟她说几句话，可手却被双大铁钳紧紧抓住，由不得我动弹分毫。罗切斯特先生好像连多余的一秒钟也不能忍耐，他就那么固执的、毅然的，好像在恶狠狠盯着某种无形的东西奋力抵御着什么，几乎是拖着我向前走去。

走到教堂庭院的边门旁，我已经被拖得上气不接下气，罗切斯特先生这才注意到我，他终于放缓脚步，挎着我慢慢走进那肃穆而简陋的神圣之地。

穿着白色法衣的伍德牧师正在低矮的圣坛旁等候，旁边站着教堂执事。四周十分寂静，我看见有两个陌生人在远远的角落里移动着，他们应该溜进来有一会儿了吧，现在正背朝着我们，站在罗切斯特家族的墓穴旁边。

婚礼按照既定的仪式进行着。伍德牧师向罗切斯特先生微微俯身道："我要求并告诫你们，如果你们中的一位知道有什么障碍使你们不能合法联姻，请务必现在说出来。因为你们要确信，凡是未经圣言允许的结合，都不是由上帝结成的夫妻，他们的婚姻是不合法的。”

照例停了一会儿后，伍德牧师向罗切斯特先生伸出只手，刚准备张口说：“你愿意娶这个女人做你正式的妻子吗？”

这时，另一个更清晰的声音先他而出：“婚礼不能进行，我宣布存在着障碍。”顿时全场一片静寂，牧师张口结舌立在那儿，执事也懵了，我能感觉到，罗切斯特先生的身躯在微微摇晃，他努力站稳，头也没回，用低沉的声音命令道：“继续进行。”

片刻，牧师说话了：“在没有证实刚才这位先生所说的话是否属实之前，我不能让婚礼进行下去。”“刚才那位先生”再次补充：“我能够证明申诉属实，这桩婚姻有着不可逾越的障碍，应该完全终止。”

这会儿，紧握着我的那只手多么滚烫有力啊！身边的罗切斯特先生顽固而僵直地站着，一动不动，他的宽阔前额就像大理石一样坚毅，他明亮的眼睛沉着警惕，谁知道那里面隐藏着多少狂野和信心？

“是什么样的障碍？也许它能够得到排除和解决。”牧师问道。

“不可能。”对方走上前来，那是个严肃刻板的陌生人，他一字一句道，“障碍完全在于一次曾经的婚姻，罗切斯特先生有一个妻子还活着。”

我似乎能听到血液中有惊雷在炸响，每根神经都能感受到这种震颤，风霜水火我尚不惧怕，为何短短的话语却能将我送入地狱？闭上眼，我强自镇定下来，罗切斯特先生的脸化做一块苍白的岩壁，他的眼睛直冒火星却又坚如燧石。他紧紧搂住我，使劲贴在身边，就像生怕谁要将我夺去似的。隔着衣服，我仍能感觉到那种慑人的力量在传递。

“你是谁？”他问。

“我姓勃里格斯，伦敦XX街的一名律师。”

“你刚才的话是什么意思？”

“我想提醒你尊夫人的存在，先生。”

“那么，请你讲讲她的姓名、住址吧。”

勃里格斯不慌不忙地从口袋里掏出张纸，字正腔圆地念道：“我断言并证实，公元XX年十月二十日（十五年前的一个日子），英国

XX郡桑菲尔德府及XX郡芬丁庄园的爱德华·菲尔费克斯·罗切斯特同我的姐姐、商人乔纳斯·梅森及妻子克里奥尔人安托万妮特的女儿伯莎·安托万妮特·梅森，在牙买加的西班牙镇XX教堂成婚。婚礼记录可见于教堂之登记簿，我现在持有该记录的抄件一份。”

“如果那份文件是真的，它可以证明我结过婚，但它并不能证明声称是我妻子的那个女人还活着！”罗切斯特先生眼里似要冒出怒火。

“她三个月前还活着，我有证人能证明。”律师回答。

“那就叫他出来吧！”

“他就在这儿。”律师平静地回答，“梅森先生，请到这边来。”

听到这个名字，罗切斯特先生登时就全身抽搐一下，他咬紧牙关，拼命让自己保持镇定。一直龟缩在后面的另一个陌生人走了出来。没错，是梅森。

在罗切斯特先生的怒目注视下，梅森满脸通红，灰暗的前额下一双躲闪的眼睛，根本不敢正视他的被控告者。

伍德牧师尽量温和地问他：“你到底知不知道，这位先生的妻子还活着？”

“她现在就在桑菲尔德府。”梅森好不容易让自己平静些，他尽量吐字清楚点，“今年四月份我还在那儿见过她，我是她弟弟。”

“怎么可能？在桑菲尔德府？”伍德牧师惊叫起来，“我是这里的老住户，怎么从没听过府里有个罗切斯特太太？”

梅森正欲开口，罗切斯特先生艰难地摆了摆手，片刻，他抬眼望向众人：“十五年来，我一直小心隐瞒着这件难堪的事。可现在，子弹终于窜出了膛！伍德牧师，脱下法衣吧，两位执事也离开教堂吧，今天我不举行婚礼了！”

无人知道我的感受，我多么希望他能给出一个恰当的理由，来粉碎这些胡言乱语，来弥补我那颗滴血的心。可是接下来，我从心爱的人那里听到的却是更惨痛、更无情的解释！

罗切斯特无所顾忌地说道：“重婚本是个丑陋的字眼，然而我今天却背负这个罪名。正像伍德牧师所说，我将受到上帝最严正的审

判。先生们，我的计划破产了！这位律师所说的是真的。我结过婚，并且，与我结婚的女人还活着！她的名字叫伯莎·梅森，也就是这位胆小如鼠者的姐姐！很不幸，我与一家三代都是白痴或疯子的家庭结下这桩婚姻，也被这个家庭深藏的秘密欺骗已久。伯莎的母亲是个疯女人，而且是个酒鬼，她将这点都遗传给自己的女儿，我在很短一段时间内，都被这暂时的纯洁伴侣所迷惑，但很快，白痴与疯子就开始原形毕露，我的婚姻生活从此进入永夜。现在，勃里格斯、伍德、梅森先生，我邀请你们去我家，拜访一下普尔太太的病人，也就是我的妻子！来吧，你们都跟我来！包括这位同样受我欺骗的姑娘。”

我不知道是怎么回到桑菲尔德府的。门前，菲尔费克斯太太、阿黛勒、索菲、莉亚正在准备迎接一对新人，她们也没想到，首先迎来的却是气势汹汹的主人：“全都给我走开！把你们的祝贺都带走，它们已经晚了十五年！”

还是三楼那道低矮的黑门、黑屋子。“你应该认识这儿，梅森。”他憎恶地看了眼那个快瘫了的家伙，“她在这儿咬过你，还用刀子刺伤过你。”

撩开帷幔，接连打开两道门。现在，我们这些人都站在一幅恐怖的场景面前：没有窗户的小空间里，天花板上垂下几根铁链，悬挂着一些灯。暗影里，分不清是人还是动物的某个东西趴在地上，不停地抓挠着，嘶叫着，乱如鬃毛的头发遮住头部。格莱思·普尔，那位神秘女仆正在靠近火炉的平底锅里煎炒着什么食物。

看到大堆人出现，那个凶猛的家伙猛地立起，狂吼起来，乱蓬蓬的头发分散开。这时，立在人们面前的怪物分明是个女人！我当即认出，她就是那夜撕破我面纱的怪物！看，还是那肿胀的五官，还是那发紫的脸！

“我们还是离开这里吧。”梅森几乎都要颤抖了。“好好看着你姐姐吧。”罗切斯特先生一把扯住他。谁也没想到，那丑陋女人此时猛地扑前！罗切斯特先生一把将我推后，与她搏斗起来。纵是他这样的好身手，面对如此凶暴的对手，最后也只能勉强扭住她的胳膊。格莱思·普尔递过绳子，一阵手忙脚乱之后，这个疯女人总算被捆绑起来。

“看吧，这就是我的妻子。”战斗者带着凄凉的微笑说道，“这就是我可以领略到的夫妻间的拥抱。不需要我再解释什么了吧，先生们，你们可以走了，我要把我的捕获物关起来了。”

可能我是被众人推搡到大厅的吧，我实在想不起来自己如何下的楼。站稳身子后，那位律师与我说起话来：“小姐，我知道你没有任何责任，你叔叔听到这个消息一定会非常高兴的。”

“我叔叔？怎么，你认识他？”我勉强抬起头来，不知道还有什么我未知的事情发生。

“梅森先生认识他。你叔叔接到你的信时，梅森先生正好也在现场。梅森先生既惊讶又难受，便揭露了事情的真相。很遗憾，你的叔叔现在患有严重的肺病卧床不起，只好恳求梅森先生立即采取措施，阻止这桩诈骗婚姻。谢天谢地，总算没有让你陷入一桩骗局。现在事已至此，我想你还是最好留在英国，待接到你叔叔的消息后再说。”

我上了楼，把自己关在房间里，闩上门，不让任何人进来，然后开始机械地脱掉结婚礼服。我感觉疲累至极，整个回想一遍今早发生的事后，我闭上了眼，紧闭着，紧闭着。

我感觉自己像条鱼，躺在干涸的河床上，无力挣扎，无力吞咽，只等着那近在咫尺的死亡包围我、淹没我。不知道这世上还有哪一种力量可以助我度过这艰难时刻，可以助我重新站起，我默默祈祷：“上帝啊，求你不要远离我，因为急难临近时，没有人能帮助我。”

第二十七章

地狱般往事

一直到下午，我终于能抬起头了。夕阳西下，这本应是桑菲尔德府一天中最美妙的时光，而今日辰光，怎么如此悲伤凄美？我不停地问自己："该怎么办，我到底该怎么办呢？"

大概是谁也没来探望过我吧，我是个"被命运遗弃的人"。拉开房门，我看见横挡在面前的是把大椅子，椅子上坐着罗切斯特先生。

"你终于出来了。我等了你很久，没有听到一点儿动静，没有听到一声哭泣，我已经快到承受极限了。如果再过五分钟还是这么一片死寂的话，我可要像盗贼那样破门而入了。简，你说句话呀，为什么你不责备我，为什么没有尖刻、辛辣的言辞？宝贝，今天的事我绝不想伤害你，简，我的简，你能宽恕我吗？"

他的目光隐含着那么深沉的忏悔，语调里透出这样真实的悔意，整个神态和风度中也流露出那么矢志不移的爱情，我当即就在心底宽恕了有罪的爱人。

罗切斯特先生扶着我慢慢回到屋里，我的身体实在太虚弱了。尽管是在夏天，可还是浑身冰凉。他端来杯酒还有食物，我只稍微饮用了一点儿就觉得体力恢复了不少。

他在房间里来回踱着步，像是在考虑什么事情，而后走到我面前微微俯下身，似乎要吻我，我别过脸一把推开他。"怎么，这是怎么回事？"他嚷嚷起来，"我知道，你不想吻别人的丈夫是吗？你认为我的怀里已经有人，我的拥抱已被别人占有？"

"至少对我来说，已经没有容纳的余地，而我，也没有这个权利了。"

“简，我的小宝贝，别这样。你能听我解释吗？几分钟就可以。”他痛苦地抓挠着头发，像一头想发狂却又无力发狂的野兽。

“能，先生，只要你愿意，听上几个小时都可以。”我真的不愿意看到所爱的人遭受如此折磨。

“感谢你多给我点儿时间，简，等我理理头绪，我会把整桩事情的来龙去脉都告诉你。”

被无边痛苦缠绕的罗切斯特先生静默片刻后，开始缓缓叙述那段家族故事。罗切斯特先生的父亲是个爱财如命的人。他有庞大的家产，却不能容忍两个儿子将家族财产分割。这个精明的商人做出个决定，所有的家产都归长子罗兰，为了不让次子爱德华成为穷光蛋，他打算通过一桩富有的婚姻来平衡两个儿子拥有的财富。

为此，老父亲四处打听，做了长时间的调查，最后相中了西印度群岛的一户种植园主，同时也是商人的梅森家族。梅森先生有三个儿女，其中两位就是前文提到的疯女人伯莎和她弟弟理查·梅森，还有一位完全白痴的小弟弟。梅森先生家业很大，曾公开放言，谁能娶他女儿伯莎为妻，他将赠送三万英镑的巨额财富。

老父亲将自己的打算告诉了长子罗兰，同样爱财如命的罗兰当然愿意合作。于是，父子两人开始瞒着那个不幸的小儿子执行一套缜密的计划。

爱德华先生离开大学后就被送往牙买加，老父亲只字不提那三万英镑，只告诉他西班牙城的伯莎小姐有倾城之貌。这确实不假，当年伯莎身材高大、皮肤黝黑、雍容华贵，颇有布兰奇·英格拉姆小姐的派头。

她打扮得花枝招展，在事先安排好的一次聚会上与罗切斯特先生相识，那时的伯莎故意卖弄姿色和才艺引他注目，而且不断恭维着这个初出茅庐的小伙子。本来伯莎在当时的社交圈里就大出风头，男人似乎都为她所倾倒，现在，罗切斯特一人独占花魁，他怎能不动心呢？何况他那时还是个毫无经验、幼稚无知的年轻人。很快年轻人就失去了方向，稀里糊涂敲定了这门亲事。

从未有人跟新郎提起过伯莎的母亲，他以为她早就去世，但在蜜月过后，这些秘密一点一滴显露出来：原来，妻子的母亲是个疯子、酒鬼，被关在一所疯人院里，而且妻子还有个白痴弟弟。另一个弟弟理查·梅森现在看来还算是个健康人，罗切斯特先生虽然瞧不起他，还是对他保持着起码的尊重。因为，他觉得理查·梅森可能并不健全的心底，残存有几分对他这个姐姐的爱。

当这个可怕家族的耻辱与秘密被悉数披露以后，伯莎就像变了个人，只要新婚丈夫随便提起个话题，马上就会遭到她粗俗愚蠢的呼应，仆人也没有一个能忍受她不断发作的、暴烈无理的脾性和荒唐苛刻的命令。罗切斯特先生越来越发现，自己无法同她舒舒畅畅地度过一个晚上，甚至一个小时。不久，伯莎就被医生确诊是个疯子，她的恣意妄为已经使疯病的胚芽过早地成长起来了。

一天夜里，罗切斯特被她的尖叫声惊醒，他不得不爬起来，无奈地听着那个疯子尖叫着咒骂他，语调是那么充满仇恨，语言又那么肮脏！尽管隔着两个房间，罗切斯特仍然听得极为清楚。那一刻，可怜的、备受折磨的罗切斯特甚至想到了自杀！

他找出只箱子，打开锁，里面是支子弹上膛的手枪。拿着这支枪，静听着那时有时无的狼嚎声，他反而清醒了：伯莎是疯子，自己可没疯！于是，那个因为万念俱灰而激起自杀念头的危机就在刹那间度过！

他打开窗，来自欧洲的风吹过洋面，吹过陆地，吹过窗户近前，暴风雨就要到来了！这一整夜，罗切斯特都在湿漉漉的园子里待着，在石榴和菠萝树中间散步，直到黎明微光初露，他感觉有一种真正的智慧正在心底抚慰，正在为他指明希望的道路。

“走吧，”那个希望的声音说，“再到欧洲去生活吧，在那里你那被玷污的名字不为人所知，也没有人知道你背负着龌龊的重荷。你可以把疯子带往英国，关在桑菲尔德府，给予她应有的照料和戒备。然后随便到哪个地方去旅游，结识你喜欢的新关系。那个女人让你如此长期受苦，如此败坏你的名声，如此侵犯你的荣誉，如此毁灭你的青春，她不是你妻子，你也不是她丈夫。注意让她按病情需要得到照应，那你就已做了上帝和人类要求你的一切，让她的身份，她同你的关系永远被忘却。你绝不要把这些告诉任何人，把她安置在一个安全舒适的地方，悄悄地把她的堕落掩藏起来，离开她吧。”

在这个声音的感召下，罗切斯特费尽九牛二虎之力带着疯女人一路远航而来，终于将她安全地弄到桑菲尔德府。他的父亲和哥哥也因为罗切斯特现任妻子的种种丑行而羞于见人，所以，对小儿子的行为不管不问，甚至还与他一起保守这个秘密。

为了将伯莎妥善安顿好，罗切斯特从格里姆斯疯人院雇来了经验丰富的格莱思·普尔。在桑菲尔德府附近，只有两个人知道他的秘密，一位是卡特医生，就是曾给梅森上过药的那位医生，另一位就是格莱思·普尔。其他人，菲尔费克斯太太或者莉亚她们，也只能猜测个一星半点，并不完全了解真相。

格莱思·普尔确实是个好看护，但她也有一个无法治愈的毛病，那就是不止一次的放松和丧失过警惕，这就致使伯莎两次偷偷溜出屋外。第一次就是那次差点将罗切斯特烧死在床上的半夜火灾，第二次呢，正是婚礼前夕，她将怒火发泄到面纱上。也许，这个疯女人当时是想起了曾经当新娘的日子吧。

罗切斯特将疯女人安置到桑菲尔德府之后，没过几年，种下祸根的老父亲和哥哥罗兰就相继去世了，他们名下的财产全部转移到小儿子身上。罗切斯特先生再也不用受制于人，他开始了长达十年的疯狂游历生涯。

圣彼得堡、巴黎、罗马、那不勒斯、佛罗伦萨……很多地方都留下他的身影。金钱与名门望族的地位使他通行于任何一个上流社会的社交圈子，罗切斯特找遍英国女士、法国伯爵夫人、意大利姑娘、德国的女子，都没有发现自己理想中的爱人，于是，他试着与情妇为伴。塞利纳·瓦朗就是他的第一位情妇，他与首任情妇的结局读者朋友们都已经知道了，而后，又有了意大利情妇嘉辛塔、德国情妇克丽拉，只是这几次经历，除了让他损失一大笔钱外，丝毫没有为他的情感生活带来一丝益处。

“直到在那个严寒的冬日下午，我在赶回桑菲尔德府的路上，碰到那个安静地守候在路边的小人儿，我才确信，她就是我找寻已久的意中人。”说完这么一大段话后，罗切斯特先生明显有些累了，他沉缓片刻，接着道，“我曾多次观察过你。你的服装和举止受着清规戒律的约束，你的神态往往很羞涩，完全是那种天性高雅绝不适应社交的人，很害怕自己因为某种失礼和错误而出丑。而一旦同你交谈，你会向对方的脸庞投去锐利、大胆、闪亮的目光。你的每个眼神里都有一种穿透力。问你思路严密的问题时，你会应对如流。我相信，你会和你那严厉、易怒的主人意气相投。事实证明，我的眼光没有错，后来的日子里，尽管我对你大声咆哮，你也丝毫没有惊讶、害怕、恼怒或不愉快，甚至在看着我时，时常流露出一种与众不同的、单纯的、明智大方的微笑，这种微笑，使我满意又大受鼓舞。简，从那一刻起我就确定——我喜欢你，希望更多地看到你。”

“别再提那些日子了，先生。”我偷偷抹去几滴眼泪，因为我知道自己该做什么，这些话语，这些回忆，只会让我的决心动摇。

“你现在明白是怎么回事了，是不是？”他继续说，“我的青年和成年时期，在一半是难以言传的痛苦和一半是意气消沉的孤独中度过，现在，我找到了你，我认为你很出色，可爱而有天分，我愿意将隐藏在内心的激情向着你——愿意它把你我熔合在一起。”

一阵静默，“简，你为什么不说话？”

读者朋友啊，你们可能知道我正经历着一次煎熬，可谁又能知道这种煎熬是多么痛楚！就像一双火烧火燎的手，紧紧抓住了命脉，我几乎无法再承受下去！这个可怕的时刻，充满着争斗、黑暗和燃烧的时刻，人世间再也没有人能像我这样期望被爱了，也没有人像我这样拜倒在爱人的脚下，我必须摒弃爱情和偶像，必须离开！

罗切斯特先生显然从我的挣扎动作上感受到了这种变化，他紧紧抱着我，恶狠狠道：“从来没有任何东西像你那么脆弱，又那么顽强。你那双眼睛，隐含的不止是勇气，那种坚定、狂野、自在的目光，那种透露出来的严峻胜利感，正是我想要的精神——你那富有意志、活力和纯洁的本性！哦，简，不要离开我，过来吧，我的宝贝！”

他一边说，一边松开手，定定地看着我。这眼神令我难以抗拒，但我不会屈服，直视他的目光，挫败了里面射出的怒火，我准备离开。

“怎么，你要走了？简？”

“是的，我要走了。”

“你要离开我了？”

“是的。”

“你不愿来抚慰我，拯救我吗？我深沉的爱、凄楚的悲苦、疯狂的祈求，难道这些对你来说都无动于衷吗？”他几乎要大吼起来，可是我却听出那嗓音里带着一种多么难以言表的悲哀！要坚决地再说一遍“我走了”是多么困难啊。

“那么，去吧，你去吧，我同意你离开。不过，你去自己的房间细细想想我说过的话吧，简，替我想一想，我的痛苦，想一想我吧。”他转过身去，再也控制不住，扑倒在沙发上。

“别了，我的爱人，永别了。”闭上眼，我的泪水无声滑下。

那个夜晚，我从恍惚的梦境中醒来后，就开始动手准备。窗外天色未亮，我从抽屉找到内衣、挂件和戒指等私人物品，还翻出了罗切斯特先生几天前硬要我收下的一串珍珠项链。现在，它只属于那位幻化在梦境中的新娘，我把它留下了。简单打好包后，我看看钱袋，只有二十先令，这是全部家产了，我把它放进口袋。然后，我系好草帽，别上披肩，拿着包裹悄悄离开了桑菲尔德府。

第二十八章

我将去向何方

二十先令能走多远呢？我不知道。马车夫拉着我跑了将近两天，傍晚时分，他把我放下车。这是个叫惠特克劳斯的地方，不是城镇、不是村落，只有个立在十字路口的灰白色石柱子能够证明此地。

我茫然打量着这个陌生的环境，石柱子顶上伸出四个指路标，按标志看，这个交会点距最近的城镇十英里，距最远的超过二十英里，我从上面熟悉的镇名判断出这是中部偏北的某个郡。

天色渐渐暗下来，前方荒野幽暗，山峦层叠，后面是片大荒原，顺着脚下深谷远望，是一片起伏的山林。回转身，马车已经驶出一英里远，我突然想起自己的小包裹还在车上，糟糕！现在真是一贫如洗了！

我在路上漫无目标地游荡着，不知道该往哪儿去。惠特克劳斯这里人烟稀少，外通的几条路都看不到一个人影，与其在这里晃荡，倒不如投身到大自然的怀抱吧。我走进石南丛，沿着深陷的沟向前。经过一片没膝的阴暗草丛后，找到块布满暗绿苔藓的花岗岩。我缩在花岗岩下方，抬头看天，天空倒是非常清澈，几颗早早露脸的星星不停闪烁着。

摸摸怀里，哦，还有口吃剩的面包。那是在马车经过的某个小镇上，我用最后一便士零钱买来的。就着夜里的微弱光亮，可以看到树上到处都是越橘，就像石南丛中的美玉那样，到处闪着光。我采集了大把，与面包一块咽下。这顿晚餐就像隐士的食品，虽然吃不饱却足以充饥。

就睡在这儿吧，我打量下周围。花岗石旁边的石南长得很深，躺下后双脚正好埋了进去，夜里的寒气还是挡不住，我又把披肩一折为二，铺在身上作被盖，一个长满青苔的低矮小墩当了枕头，就这么躺下了。

本来我可以睡得安稳些，可那颗悲伤的心却连这一点享受都不肯给我。它泣诉着自己张开的伤口、流血的心扉、折断的心弦，为罗切斯特先生和他的灭亡而颤抖。我被这种念头折磨得疲乏不堪，于是便起来跪着为他祈祷、为他感恩，当困意滚滚袭来时，我终于睡去了。

第二天一早，当我被鸟儿嘀啾声叫醒，立刻感觉到饥肠辘辘的滋味实在不好受。如果昨夜我能静静地腐烂，哪会有这么多烦恼呢？现在，我的生命，连同生命的一切需要、痛苦和责任，都还为我所有。看来，重负还得背着，需求还得满足，痛苦还得忍受，责任还得履行。我，不得不再次出发。

返回了惠特克劳斯，我居然听到一阵教堂的钟声。转过身看去，小山之间竟然出现教堂特有的尖屋顶，那儿还有个小村落！这真是个惊喜的发现，也许我能在那儿找到份工作，或者是换来块面包？抱着这个良好愿望，我开始向小山进发。

约莫下午两点钟，我走进了小村落。街的尽头开着家小铺，橱窗里放有面包。要是能有那么块点心，我也许还能恢复些体力，要是没有，再往前走就会很困难。舔舔嘴唇，我还是没能抵住诱惑，钻进了小铺。

有个女人在里面，她准是把我当成了顾客殷勤地迎上来。我张张嘴，话儿还是打了个弯：“对不起，我很累，能在你这儿歇歇吗？”女人的脸色登时就沉了下来，她努努嘴，冷淡地表示同意。

咽口唾沫，我小心翼翼地问起她村里有没有需要帮工、用人、裁缝或是什么其他需要用人的活儿。她很干脆地告诉我，裁缝已经够多啦，工厂倒是有，可只需要男工，像我这样的瘦弱姑娘想在这儿找份工作，很不适合。

尴尬地离开小铺，我在村落里到处找工作，尽管肚子饿得发慌，我还是坚持着。前面那幢房子多么漂亮啊，它的主人会不会帮助我呢？我上前敲门时，一位衣着整洁的年轻女子出现在门口，我几乎用尽了自己衰弱身体里所有的能量，低微而颤抖地问道：“你这儿要不要雇用仆人？”“不，我们不用仆人。”没等我再说第二句，年轻女子“砰”一声已将那扇漂亮的门紧紧关闭。

我一步步挪动着，就像迷路的饿狗那样慌不择路地转来转去，一直到傍晚穿过田野后，终于看到前面那个教堂尖顶。再走近，能看到附近有一所虽然不大但比较精致的房子，我确信那是牧师的住所。哦，牧师是上帝派来的，他也许会给陌生人无偿的帮助。我被这个想法鼓舞着，重又集中起一点点残留的力气，奋力走去。

开门的是位老妇人，我问她这儿是不是牧师的住宅，她肯定了，但也同时告诉我，牧师不在教堂，前几天刚去沼泽山庄办理父亲的丧事。“那么，还有女主人吗？”我问。“没有，除了我没别人了，我是管家。”她明确地回答。尽管我饿得快要昏倒，还是没有开口请她布施。

就这样，我又拖着沉重的双腿浑浑噩噩地挨到天黑。经过一家农舍时，有位农人正坐在门口吃面包，那点小小的食物此时具有多大的诱惑力啊！我停下脚步，终于开口道：“你肯不肯给我片面包，我饿极了。”那个农人诧异地看着我，一言不发地切下块厚厚的面包递给我，这简直就是天赐美食，我抱着那点卑微的幸福一直向前走，走到看不到农舍的地方，狼吞虎咽吃掉了那块面包。

这是个更凄惨的夜晚，地面很潮湿，空气十分寒冷。此外，不止一次地有外人路过，弄得我一次次换地方，没有安全感，也得不到清静。临近早晨又下雨了，还下了一整天。我像以前一样寻找工作，像以前一样遭到拒绝，像以前一样挨饿。不过有一回食物倒是进了嘴，那是在间小茅屋门口，我看见有个小女孩正要把糊糟糟的冷粥倒进猪槽里。

“可以把它给我吗？”我问。

她瞪着我朝屋里喊着：“妈妈！有个女的要我把粥给她。”

“行啊，孩子。”里面的母亲应道，“要是她是乞丐，就给她吧，猪也不会吃那东西的。”女孩把结了块的粥倒在我手上，我三口两口就吞了个精光。

又是一个夜晚，暮色压过山头，更糟糕的是连绵阴雨。我虚弱的身体已无法在外留宿，要赶紧找个容身之地躲过这场大雨，如果我还像前两夜那样露宿荒郊，那么毫无疑问，第二天这里就会多具可怜的女尸。

带着这种饥饿、昏眩、寒冷、凄楚、绝望的心情，我努力朝前走去。这几天，罗切斯特先生那熟悉的面容无时无刻不浮现在我眼前，一个失爱的女人为什么还不心甘情愿地死掉呢？为什么还要挣扎来维持没有价值的生命呢？我的身体快垮了，但潜藏着的精神意志告诉我，罗切斯特先生还活着。这个唯一支撑我活下去的理由此时幻做一种声音真切地在耳边激荡：“上天呀！再支撑我一会儿！帮助我、指引我吧！”

我瘫倒在地，把脸深深埋在草丛里，雨下得很大，早已把可怜的人儿浇透。在寒气的侵袭下，我颤抖着再次爬起来。怎么？那是星星还是灯火？为何在雨夜里如此摇曳不灭？努力睁大眼睛，我终于可以认定它是某个窗户透出的烛光！

好比是希望在闪现，那星点光亮竟吸引着我的疲弱之躯跌跌撞撞地向前走。脚下是一片宽阔的沼泽地，溅起的泥浆早把衣服糊得没有了原来的模样，我几乎是一步一滑地在靠近。

烛光源地是一处低矮房子的格子小窗。轻轻抚开遮住窗口的一簇枝叶，我便能清清楚楚看到里面的景象：房间的地板擦得干干净净，里面有核桃木餐具柜，上面放着一排排锡盘，映出了燃烧着的泥炭火的红光。桌子上点着蜡烛，一个衣着有些粗糙的老妇人正借着烛光编织袜子。还有两位年轻高雅的女子，一位坐在低摇椅里，旁边靠着只大猎狗，另一个坐在矮条凳上，膝上趴着只肥猫。两人都穿着黑纱和毛葛的重丧服，暗沉沉的服饰格外烘托出她们白皙的脖子和面孔。她们都在看书，好像还在小声议论着什么。

不知为什么，我总觉得与她们似曾相识。努力集中起注意力，我仔细听着屋里人的对话。

矮条凳上的姑娘掏出只金表看看说：“汉娜，圣约翰先生应该快回来了，你去准备晚饭吧。”“好的，孩子们。”老妇人站起身去准备晚饭了。

我想这是个机会，关乎我能否存活过这个夜晚的机会。于是，我摸到门口，紧张地敲了敲门。汉娜——那个老妇人开了门，惊诧地

问："你有什么事？"

"我想在外间或者什么地方借宿一个晚上，还想要片面包吃。"汉娜脸上出现了我所担心的那种怀疑的表情："我给你一片面包，但我们不收流浪者过夜，这办不到。"

"让我跟你的小姐们说说吧。"

"不行，我不让。这是一个便士，你赶快走吧。"

"你把我赶走，我就无处可去了，那该怎么办呢？"

"快走吧，我得关门啦，雨要泼进来啦。"这个老实固执的仆人猛地合紧门，"哗啦"一声还上了闩。

怎么会这样！我脑袋嗡一下就懵了。一阵彻底的绝望之痛充溢并撕裂了我的心，我绞着手泣不成声："我要死了吗？要死了吗？"

"人总是要死的，"一个近在咫尺的声音突然响起，"但并不是所有人都注定要像你这样，慢悠悠受尽折磨而早死的，要是你就这么饥渴而死的话。"

我被这突如其来的声音吓了一跳，偏转头，一个影子在移近。还没等我看清这个影子什么样，他就重重地敲起门来。

"是你吗，圣约翰先生？"汉娜在里面问。

"是呀，快开门。"

门开了，汉娜和另外两位女子都迎在门口。我听到有位女子在惊奇地问："圣约翰，这是谁呀？"

"我也不知道，是在门边发现她的。"对方答道。

"她就要倒下来了，快扶进屋吧。"听完这句话，我真的感觉极度晕眩，重重倒下。可就在这时，一只胳膊稳稳扶住我，一直将我扶坐到屋里的椅子上。

我悠悠回转过来，一位姑娘端着奶杯，另一位姑娘正将浸有牛奶的面包送到我嘴边，我缓缓吞咽着，感觉好像有了点精神。那位姑娘眼睛亮起来："吃呀，尽量吃一点儿。"她温和的声音真好听，我起初有气无力的，但紧接着便迫不及待地大吃起来。

"不能给她吃太多，要控制！"那个严厉的声音又响起。

“再让她吃一点点吧，圣约翰，她肯定饿坏了！”

“暂时不能再吃了，对她有益无害。妹妹。要是她能说话，你试着问问她名字。”

我决定用个别名回答他：“打扰了，先生，我叫简·爱略特。”

“你住在哪里，有朋友吗？我们可以把你认识的人叫来吗？”

我默不作声地摇摇头。

“你能不能讲点你自己的情况呢？”

“对不起，先生，我今晚没法跟你细谈。”

“为什么？”

我缓了缓，费力地回答道：“我相信你们，今晚不会把我从火炉旁撵走，随你们怎么对待我照应我吧，但请原谅我不能讲得太多。因为我感到气急，一说话就抽搐，真是抱歉了。”

三个人仔细地打量着我，好一会儿没吭气。最后，还是圣约翰先生说话了：“让她休息吧，汉娜，十分钟后再给她喂点东西吃，现在，我们出去商量下这件事。”

他们走了。没过多久，一位姑娘又转回来吩咐汉娜几句，不多会儿，我就在仆人的帮助下，挣扎着上楼，脱去满是泥浆的衣服，躺在一张温暖干燥的小床上。感谢上帝！终于可以暂时安顿了，默默祈祷完这句话后，我很快睡着了。

第二十九章

沼泽山庄的主人们

在床上一动不动地躺了三天三夜，我甚至觉察不到时间的流逝。这期间有谁进出过房间，有谁说过什么话，我都能记着，只是没法张开嘴回答，哪怕是动动手指头示意一下。

来房间最多的是女仆汉娜，我有种直觉，她不喜欢这儿出现个陌生人，也许是因为还不了解我吧，存有点儿偏见这很正常。那两位姑娘每天也会进出一两次，通过她们的谈话，我知道两人分别叫黛安娜、玛丽，她们说了很多关于我的话题。

“幸好我们把她收留下来了。要是她整夜给关在房子外面，第二天早晨准会冻死在门口，不知道她吃了什么苦头。”

“我想应是少见的苦头吧，要不也不会这么消瘦、苍白、可怜。”

“从她说话的神态看，我认为她不是一个没有受过教育的人，口音很纯正，换下的衣服虽然又湿又脏，但并不破旧，而且质地很好。”

“她的脸很奇特，尽管皮包骨头又很憔悴，但我比较喜欢。可以想见她健康而有生气时，一定很可爱。”

她们以为我睡着了，说话并不避讳。所以当听到她们没有一点儿怀疑或嫌恶我的意思，我心里很安慰。

圣约翰先生只来看过我一次。据他观察，我昏睡不醒是因为每根神经都紧张过度，所以整个机体得有一段沉睡期，这是长期疲劳过度的反应而并不是什么病，所以最好的办法是顺其自然。

第四天，我感觉明显好起来了，能说话，能动弹，还能从床上坐起来转动身子了。晚餐时分，汉娜给我端来稀粥和烤面包，多么香甜的美食啊，我的胃口好极了，几分钟就将它们统统一扫而光。

也许是美食的力量吧，我想出去走走。可是衣服早就被雨水、泥浆弄得一塌糊涂，怎么穿得出去呢？事实证明，这种担心是多余的，我所有的衣物都被洗得干干净净而且熨烫过，连以前的几丝褶皱处也变得平平展展，还有那双鞋袜，洗刷后也晾干了。屋角还放着脸盆，洗漱用品一应俱全。

这些看似不经意却周到细致的小事让我心里泛起丝丝温暖，真是个仁慈厚道的好人家。我这样想着，开始吃力地穿戴起来。过了有二十分钟吧，我终于又变成一个干净清爽、体体面面的姑娘了。扶着栏杆，慢慢走下楼梯，再穿过过道，我发现自己来到了厨房。

一股烤面包的香味和暖意扑鼻而来，这是汉娜的领地。经过几天的接触，她对我已经温和多了，看到我如此整齐地走进来，她微笑着说：“看来你好些了，坐下吧。”

我慢慢坐下，尽量别让自己动作的幅度过大。汉娜忙碌着，不时用眼角瞟瞟我，当她将烤面包取出稍有空当时，就直截了当地开始发问：“你来这儿以前要过饭吗？”

说实话，听到这种问题我很生气，但还是口气生硬地回答了她：“你要把我当成个要饭的，那就错了。其实我和你的小姐们一样。”

“哦？”她停顿了会儿又问，“那我就弄不懂了，我猜，你是因为没房也没钱吧？”

“没房也没钱也不一定就是要饭的。”

“你念过书吗？”

“是的，在寄宿学校念过八年书。”

她更惊奇了：“那你为什么还养不活自己？”

“我一直在养活自己，而且以后也会。”我看到汉娜正拿起一盆糖栗，就帮她捡起来。这一友好的动作让她暂停盘问，我趁机向她多了解了一些情况。

据汉娜自己说，她在里弗斯家里已服侍三十多年，三个孩子都由她一手带大，她将他们视为自己的孩子。

“这说明你是个忠实可靠的仆人。尽管你刚才毫无礼貌地说我是要饭的，可我还是要夸赞你。”

“嗯？”她大概怎么也不会想到我这么说话吧，汉娜惊奇地睁大了眼睛，“我明白自己看错了你，可骗子太多了，你得原谅我啊。”

我并没有忘记几天前的那个夜晚，继续说道：“而且，你还在一个连狗都不该被关在门外的雨夜，硬生生地把我隔在门外。”

“我是有点儿狠心，可是不得不那么办。孩子们都怪可怜的，除了我没有人照应。我总该当心些，你别把我想得太坏。”

“这我倒不会，但你刚才因为我没房子没钱而蔑视我，我就不得不把你想得很坏。如果你是个基督徒，是不该把贫困看成罪过的。”

“我确实错了，圣约翰先生也这么讲过。现在，我对你的看法有了改变，你看起来完全是个体面的小家伙。”汉娜确定眼前这个谈吐不俗的小姑娘很不好惹。

“那好吧，我原谅你了，握握手，我们就是朋友了。”她听我这句话后，粗糙的脸上浮现一丝亲切的笑容，从那时起，我们真成了朋友。

汉娜的话匣子由此打开。她告诉我，这个小地方叫沼泽山庄，以前是属于老里弗斯先生的。女主人已过世多年，三个星期前，老里弗斯先生也中风去世了。他的儿子圣约翰在离这几英里外的莫尔顿教区担任牧师，他的两个女儿叫黛安娜·里弗斯和玛丽·里弗斯，常给别人做家庭教师。

老里弗斯先生曾经有过巨额资产，他与莫尔顿谷的富豪奥利佛先生早就认识。但是几年前，老里弗斯先生由于轻信别人损失了大笔钱财，里弗斯家族开始走向衰败。所以老里弗斯先生去世后，三个子女已没有什么资产可继承。

子女们平时都不怎么回来住，这次也是因为父亲去世才难得一聚，尽管两姐妹到过伦敦等一些大城市，但她们还是最喜欢家乡这幢老屋，喜欢这里的沼泽和小山。

我们的交谈进行到这时，出去散步的三兄妹回来了。圣约翰先生对我点点头，玛丽看到我能下楼非常高兴，黛安娜也握住我的手表示友好。姐妹俩欢快地走进小屋去做饭，客厅里只有我和圣约翰先生。

他在看一份报纸，我打量客厅时趁机观察了下这个男人。他很年轻，大概在二十八岁到三十岁之间吧，五官非常匀称，轮廓线条明显得就像希腊人，使他显得英气逼人。

在两姐妹回到客厅前，他没和我说过一句话。待黛安娜将烤好的糕点端来时，他才朝我看了眼："三天来的低烧迫使你禁食，要是一开始便放开肚子吃就危险了。现在你可以多吃，不过还是得有节制。"

"我相信不会在吃上花你很多钱的，先生。"我笨嘴笨舌地回了句。

"是不会的。等你把朋友的住址告诉我们后，我就可以写信给他们，你便可以回家了。"他说这话时，态度很冷淡。

"我得坦白告诉你，这我可办不到。因为我既没有家，也没有朋友。"

两姐妹好奇地看着我，圣约翰先生也用他那双蓝如海水般的眼睛盯着我，继续发问："你是说你孤身一人，没有任何亲戚朋友？"

"是的。跟任何一个活人都没有联系，也没有权力走进任何一个英国人的家庭。"

"你以前住哪里？还没有结婚吧，是个未婚姑娘？"

"我没结婚，不过快十九岁了。"一提到结婚这两个字，我的痛苦与回忆仿佛都复活了，脸儿涨得通红，虽然话不多，但我相信他们能看出我非常激动。黛安娜和玛丽扭过脸去，她们不想让我太过难堪，可她们的哥哥、圣约翰先生却死死逼视着我，直到我无声地流下两行泪水。

我吞下茶点，喝了点酒，这点食物使我精神大为振作，也使我能够继续有勇气向他解答："我是一个牧师的女儿，还不能记事时父母就去世了。我靠别人赡养长大，在劳渥德慈善机构受教育，在那里我做了六年学生、两年教师。差不多一年前我离开劳渥德去当私人家庭教师。我得到一份很好的工作，生活得也很愉快，但四天前我却不得不离开那个地方，请原谅离开的原因我不能解释。跑出来时我只拿了一个小包裹，可是后来给忘在马车上了，只好囊空如洗地来到这里。

我在这附近游荡了两天，风餐露宿了两夜，没有跨进一条门槛，只吃过两回恶劣的食物。正当被饥饿、疲乏和绝望折磨到几乎只剩最后一口气时，是你们好心收留了我。我对你们深怀感激之情，也欠下你们一笔很大的债。”

“别再让她谈下去了，圣约翰，她不宜激动。”黛安娜友好地示意我：“来这坐吧，爱略特小姐。”

爱略特？我显然还不习惯用这个别名，微微一惊。圣约翰先生立刻觉察到了，他问：“你说过你的名字是叫简·爱略特？”

“是的。这不是我的真名，只是暂时用用，所以听起来有些陌生。”

“你不愿意讲真名？”

“不愿，因为我担心被别人知道。”

圣约翰先生沉思了片刻，问道：“你不愿依靠我们的款待，不需要我的慈善行为，这就是说，你希望自己能够完全独立生活而不依赖我们，是吗？”

“是的。我已经这么说过了。给我一份工作或者告诉我去哪儿找工作，这就是我现在最需要的，然后我会离去，哪怕是到茅草屋去。但在工作之前，请你让我待在这儿，因为我非常害怕再去品尝那无家可归、饥寒交迫的恐怖。”

他冰冷地看了我一眼说：“好吧，既然你执意如此，那么，我会找个合适的时间，用合适的方式去帮你。”

第三十章

变故还是变数

正如圣约翰先生所说，我的体力一经恢复，身体很快就健康起来。不出几天，我就可以出外散步，也因此有更多机会接触到沼泽山庄的主人们。

我越来越喜欢黛安娜和玛丽。我们中间最出色的要数黛安娜，她身体强壮，长得也漂亮，而且总是精力充沛，富有激情。晚上，我常坐在黛安娜脚旁的矮凳上，把头靠在她膝上，听她给我和玛丽讲一些比较浅显易懂的话题。黛安娜有时也教我学几句德语，看得出来，她有学外语和做老师的天分。

玛丽的知识也比较广博，她经常借给我很多书看。反过来，我的绘画比她们稍好些，当她们初次发现我会画画后，热情高涨，立刻拿出所有的画笔和颜料盒供我使用。玛丽似乎在这方面比她姐姐更感兴趣，她多数时候都会围在我身边，或是看我画或是缠着我教她。我们三人互相学习、互相提高，从中体会到很多难得的乐趣。

两姐妹还有许多方面与我意趣相投：她们爱读的书我也爱读，她们欣赏的东西我也喜欢，她们称赞的事情我也尊重，她们喜欢这个与世隔绝的家，我也在这座灰色、古老、小巧的建筑中找到了巨大而永久的魅力。

她们经常满怀眷恋地望着家乡的景色。与桑菲尔德府相比，这里多了几分孤寂和荒凉，但那些在山脊与山谷中由青苔、灰色欧石南、小花点缀的草地、鲜艳夺目的欧洲蕨和花岗岩所形成的荒野色彩成为我们寻找快乐的源泉。这个小小的沼泽山庄无时无刻不散发出一种奇特的魔力，吸引着我们去喜爱它、迷恋它。

至于圣约翰先生，我对他却远远没有他两个妹妹那样深厚的感情。造成这种结果的原因之一是他待在家里的时间非常少，大多时候他都带着父亲的老猎狗卡洛，到教区居民家中去访问病人或穷人。

牧师这一职业使他在行使神圣使命时丝毫不敢懈怠，即使两个妹妹因为怜惜哥哥而偶有劝阻时，他也不会因兄妹之间的亲情而放弃一次或许是无关紧要的探访。

圣约翰的少言寡语并不说明他心底冷寂。我有幸听过他在莫尔顿教堂里的一次讲道，它使我对这位年轻牧师有了一些新认识。

讲道刚开始时，圣约翰的语气和声调都很平静，可是没过多久，他的语言就变得简练有力而有分寸，他的热情你能明显感觉到是发自肺腑而又控制有度。由声音所传达的那种力量使人内心为之震颤，头脑为之惊异，遗憾的是这段充满激情的言论尚不能感化听众，因为他的讲演始终贯穿着一种奇怪的痛苦，缺乏一种抚慰人的温柔，圣约翰经常提到加尔文主义——上帝的选拔、命定和天罚，让人听起来仿佛是在宣布末日的来临。

布道结束后，我没有感觉到心底的平静，却体会到一种难以言喻的哀伤，圣约翰虽然真诚热情，却并没有找到来自上帝的安宁。也许我们都一样，在心灵深处，仍然躁动着某种无法满足的愿望。

一个月悄然而逝。黛安娜和玛丽不久就要离开沼泽山庄，去英国南部一个时髦城市为富有家族们当家庭教师。圣约翰先生一直没再提起我的工作，这让我很焦急，一旦两姐妹离去，那么，我的归宿将成为迫在眉睫的问题。

一天早上，我趁着客厅里只有我们两人时，大胆地走近他。圣约翰一定是感觉到了，他从厚厚的书本中抬起头来先问我："找我有什么问题吗？"

"我想问一下是否有什么我能做的事。"

"哦，三个星期前，我就替你谋到了个工作，不过，那会儿我看你和我两个妹妹相处得很愉快，就没在当时告诉你。我想，还是等她们快离开沼泽山庄时我们再谈吧。"

“她们三天后就要走了。”我提醒道。

“这我知道，她们走后我会回到莫尔顿的牧师住所去，汉娜也随我走，这所老房子就要关闭了。”

其实我很想听听后面的话，可他好像心思不在这上面，转过头又要去看那本厚书。我不得不再次很直接地提醒他：“你为我谋定的是哪份工作呢？”

圣约翰定定地看着我，终于完全转过身来。他说：“你不必急于打听，坦率告诉你吧，我没有什么合适的或是挣钱的工作可以向你推荐。如果非要我帮助你，那就好像瞎子帮助跛子。父亲留给我的全部遗产只有这个摇摇欲坠的田庄、一排枯萎的杉树和大片的荒土，里弗斯虽然是个古老的名字，但这个家族仅存有三个后裔，有两个在陌生人中间依赖他人为生，第三个成为远离故土的异乡人。我告诉你这些，是想向你说明，我很穷，没有什么能力帮助你，但出于一个牧师的神圣使命，我愿尽我卑微的力量为你提供一份你可能认为是卑微的工作。”

他停顿了几秒看看我，又接着说：“听一听我为你提供的工作内容吧。两年前，莫尔顿穷人的孩子没有条件上学，那时我为男孩子们建立了一所学校，现在我有意为女孩子开设第二所学校。我已租下一幢楼，附带两间破屋作为女教师的住房，屋里已安上简陋但还算齐全的家具。说明一下，这些是奥利佛小姐做的好事，她是我们教区内富人奥利佛先生的独生女。这个女教师的工资是三十英镑一年，为了照顾她的起居，让她能够安心教学，奥利佛小姐还从济贫院找来位孤儿协助教师。现在，我要问的是，你愿意做这样一位教师吗？”

他问话的时候有些忐忑不安，大约是吃不准我是否能应承吧。圣约翰所说的工作内容，我当然明白也能想象到它将会是什么样，但这份辛苦的工作也有三个好处显而易见：一是当下我迫切需要一个安全的避难所，二是它能替我解决基本的生活需求，三是这份工作无拘无束，会让寂寞和空虚远离我。想到这里，我很快就做出了回答：“感谢你的提议，我真心诚意接受这份工作。”

“你确信听明白了我的意思吗？”他还是不太放心，补充道，

“这是一所乡村学校。你的学生都只是穷苦女孩，所有的编织、缝纫和读、写、算课程都得你一个人教。”

“是的，我明白，先生。”

圣约翰先生满意地笑了，“好的，那你什么时候可以开始呢？”

“我明天就可以去小屋，如果你同意的话，下星期就可以开学。”

“很好，非常好，就这样。”看得出，他很满意今天的谈话能有如此结果，得到想要的答复后，年轻牧师走出了房间。

对黛安娜和玛丽来说，离别在即，但这次的离别与以往不同。黛安娜说，父亲已经去世，哥哥也不会长久待在此地，这一别很难说会何时再相聚，也许是几年，也许就是一辈子。

她很了解自己的哥哥，对我说：“简，圣约翰看上去文文静静，话也不多，比较温顺，但在他躯体里隐藏着一种难以解释的激情，这种激情可以令他狂热地投入到牧师工作中，为自己的信仰而牺牲一切，虽然这非常正当、高尚，而且符合基督教精神，但它更让我心碎。”

黛安娜说完，眼泪已夺眶而出。妹妹玛丽心里也很不舒服，她低头干着自己的活儿，喃喃地说：“我们已经没有父亲，很快又要没有家，没有哥哥了。”

沉痛的哀伤还没有结束时，另一种苦恼又不期而至。圣约翰这时从外面匆匆走进来，他拿着一封启开的信，眼里有一丝难以掩饰的颓丧，他向两个妹妹宣布带来的坏消息：“我们的约翰舅舅死了。”

两个妹妹抬起头来，惊讶地望着，我看见，她们的眼里没有哀痛。

好一会儿，黛安娜才问道：“还有什么吗？”

“有什么？还能有什么？自己看吧。”他把信扔给黛安娜，两个妹妹轮流看完，凄苦地笑了笑。

“阿门！我们还是能活下去的。”黛安娜终于说。

“不管怎么样，这并不会使我们变得比以前更贫穷。”玛丽说。

我不明白为什么会这样，好像来得太突然了。但就目前的气氛而言，显然我不宜多问。

好几分钟后，还是黛安娜说了话：“简，你一定对我们的谈论很疑惑吧？”她顿了顿，尽量言简意赅地说明了缘由：“对舅舅的去世，我们并不怎么悲伤，这是因为从小就没有见过他、甚至也很少听说过这个人。他是我们母亲的兄弟，很久以前，父亲曾听从他的建议，将大部分资产冒险投入一桩买卖中，结果这笔巨额投资有去无回，两人之间发生过很大的争吵，最后怒气冲冲地绝交了。父亲从此一蹶不振，听说舅舅后来成功投资了几家企业，似乎积攒下两万英镑左右的财产，他一直单身，除了我们外，只有一个关系更远的亲属。父亲本来以为，他会将过失记在心底，会将遗产留给我们来弥补他以前犯下的错误。但这封信告诉我们，事实并非预料的那样，我们的舅舅，他把每分钱都给了那位亲属，只留下三十畿尼，由圣约翰、黛安娜和玛丽三人平分，用来购置三枚丧戒。当然，他有权利分配自己的财产，可是收到这样的消息还是很令我们扫兴，本来，玛丽和我觉得能有幸拥有一千英镑已经是很富有了，圣约翰的事业也很需要有这么一笔钱来资助。但现在看来，这个希望是彻底破灭了，这也是我们刚才为什么会如此沮丧的原因。”

真是个捉弄人的变故，也许是因为无望吧，这件事很快被三兄妹远远抛在一边，再未谈及。接下来的一星期就是分离的时刻：第二天，我去了莫尔顿的小屋，第三天，黛安娜和玛丽去了遥远的城市，随后，圣约翰先生也带着汉娜去了莫尔顿的牧师住宅。没有了主人的古老山庄随之关闭了。

第三十一章

微风拂过乡村小学

坐落在莫尔顿溪谷中的这间小屋，就是我的新家。

跨进门就可以看到，低矮的墙壁刚刚粉刷过，细沙铺成的地面上有四把漆过的椅子、一张桌子、一个钟、一个碗橱。橱里还有两三只盘、碟与一套荷兰白釉蓝彩陶器茶具。楼上有间小小的卧室，里面仅能容下松木床架和衣柜，但对我来说足够了。

我的小包裹丢失后，除了身上这套衣服外根本再无一物。黛安娜和玛丽两人看出我的窘状，早早为我添了些衣物。现在，它们就搁在衣柜里，就像我们之间的友情，安稳、妥帖地存放着。

今天早上，这所简陋的乡村小学正式开课。我数了数，自己有二十个学生。她们都是附近农户家的女孩，大多数是因为没钱而与教育无缘，好在圣约翰先生成全了这些小家伙们。

这些学生一直生活在莫尔顿，地方口音很重，我与她们之间的语言障碍不是一朝一夕所能克服的，所以刚开始讲课难免会很吃力。她们没有人会写会算，只有几个会点编织、缝纫一类的小活计。使我烦恼的是，其中几个小女孩特别没有礼貌，说话粗野而且无知愚钝，我费了好大工夫才使她们服从管教、愿意学习，当课程进行到下午时，教室里已显露出令人愉快的学习气氛。她们如同一片片尚未开垦的土地，任何优良种子都可能在这里发芽、生长，我的职责就是帮助种子破土而出，迅速成长。当然，在履行义务之时，我也能不断地从生活中获得某种兴趣和快乐。

服侍我的那个小女仆很乖巧，我给她个橘子，她兴高采烈地拿走了，小屋里顿时安静下来，使我能够真实地坦露自己的想念，那位我至爱的罗切斯特先生其实一刻也未从脑海里消失。风餐露宿时，我渴望过他的味道；无路可行时，我渴望过他的怀抱。现在，面对这四壁空空、简陋不堪的教室我依然怀念他。同时，我也在问自己到底哪样选择更好？是在法国的奢华别墅中做他的情妇，还是在英国中部一个山风吹拂的角落，做一个无忧无虑、老老实实的乡村女教师更好呢？

仅仅几秒钟，我就能判定自己坚持的原则和法律是正确的选择，我要感谢上苍的指导！

黄昏中的莫尔顿溪谷笼罩在一片温柔祥和中，收获季节的日落是多么美啊。看着屋前那片宁静的田野，看着小鸟快乐的飞翔，看着教堂尖顶的光亮，我感觉幸福正层层蔓延过来。哦，可为什么我会有泪水掉落？是在为罗切斯特先生哀伤吗？是在为我们那中断的恋情哭泣吗？我低垂着眼睛，倚在石头门框上，默默隐忍着。

一阵轻微的响动惊起了我，抬起头，老猎狗卡洛正在用鼻子拱开小门，它后面的圣约翰先生正抱臂而立。“我不能多耽搁，这是妹妹送你的包裹，里面可能是颜料盒、画笔什么的吧。”他取出个小小包裹道。

我接过来，发觉他正在用严厉的目光审视我的脸。大概是看到脸上的清晰泪痕了吧，圣约翰先生问：“怎么，第一天的工作比你预料的要困难吗？”

“哦，不。正相反，我跟学生们相处得很好。”

他点点头，望望屋子周围：“这间屋子确实够寒碜的，黑咕隆咚，空空荡荡，这么差的条件，你会不会觉得孤独是一种压抑？”

“我几乎还没有时间来欣赏一种宁静感呢，更没有时间为孤独感而显得不耐烦。”

“很好。在你来此之前遇到过什么，我一无所知，但我希望你能坚决抵制过往的诱惑，坚守现在的事业，至少干它几个月。”

“那正是我想做的，先生。”

他接着说：“要控制意愿、改变天性并不容易，但根据我的经验，这是可以做到的。一年以前，我也为牧师这一职业痛苦过，觉得它乏味得要死，远远比不上当一个艺术家、作家、演说家、政治家，哪怕是个士兵。那时，我认为生活悲惨得必须改变，否则就会死去。经过一段黑暗和挣扎后，我那原先狭窄的生活突然间扩展到一望无垠的平原，就像听到上天的召唤。我认为无论哪一种职业、哪一种使命，要做到底做得好，必须具备技巧和力量、勇气和雄辩等，而一个出色的传教士，会集这些优点于一身。自从有了这个想法后，我的心态就彻底发生了变化，决心当个优秀的传教士。莫尔顿教堂的下任牧师也已经找到，在不久的将来，我会……”他顿了顿，坚持说完，“我会离开欧洲去东方。”

我注意到，他说这番话时，语气加重而又有所克制，也许他心底正在像火山喷发一样喷涌出某种激情吧。圣约翰先生仿佛是为了更好地控制这种激情的外露，他转过头，眺望着远方天空，我也跟着转移了视线，聆听着山谷中那潺潺溪水的流动声。

“晚上好，圣约翰先生，嗨，老卡洛，你也好。”一阵银铃般欢快的问候声响起，我和圣约翰先生不约而同转过身来。

一位身材绝美的姑娘正在抚摸卡洛。当她抬起身时，长长的面纱甩向后，一张如花笑靥展露出来。那可能是英格兰的温和气候所能塑造出的最可爱的面容，英格兰湿润的风和雾蒙蒙的天空所能催生、所能庇护的最纯正的玫瑰色和百合色，她不缺一丝妩媚，不见任何缺陷，脸颊呈椭圆形，鲜嫩而滑润，嘴唇也一样鲜嫩，红彤彤十分健康，整齐而闪光的牙齿，还有小小的酒窝。密密长长的眼睫毛扑闪着、跳动着，一种柔和的魅力正正好好覆盖着那双美丽眼睛。哦！真是美妙绝伦，大自然显然是出于偏爱而创造了她！

面对这样一位人间天使，圣约翰会怎么应答呢？我偏转过头，他正把目光从天使身上移开，说：“这么晚了，你怎么一个人跑出来？”

“嗬，是这样的。我下午刚从XX市回来。爸爸告诉我：你又开办了一所学校，新的女教师也来了，所以我一喝完茶就戴上草帽跑到山谷来看她，就是这位吗？”她指着我。

“是的。”圣约翰说。

“你会喜欢莫尔顿吗？”她问我。那语调显得直率而天真，毫不

做作，虽然有点儿孩子气，但很讨人喜欢。

“我想我会喜欢的。”

“你觉得学生像你想象的那么专心吗？”

“她们很专心。”

“还有你的房子，喜欢吗？”

“很喜欢。”

“我特意挑选的那个小姑娘爱丽丝·伍德，她还不错吧？”

“她确实很好，肯学习，人也很机灵。”我边回答边猜测她可能就是那位继承人奥利佛小姐——如此天生丽质，又拥有丰厚家产，真是位幸运的姑娘。

“我有时也会来帮你上上课，来看看你，我喜欢生活上的这种小小变化。”她欢天喜地地说着，那纯净的眼神、飞扬的神采在夕阳的映衬下美极了。

在我们说话时，圣约翰先生神态非常严肃，偶尔有那么一两秒钟，他会把目光悄悄移到奥利佛小姐脸上，那是一种毫无笑意的、搜索探究的、意味深长的凝视。

奥利佛小姐没有觉察到，她反而为自己被圣约翰先生冷落了而小有微词。这个漂亮的小姑娘摸摸老猎狗，有点儿哀伤地自言自语：“可怜的卡洛是爱我的，它对朋友不会板起面孔，不会冷冷淡淡，要是它能说话，绝不会不声不响的。”

我看见牧师此时像是位多情的少年，脸上腾地升起团红晕，那严肃的目光已被温暖的话语融化，透射出难以克制的激情。他的胸膛起伏着，好像要挣脱某种束缚，但最终还是被压制下去了，圣约翰先生就像一位坚定的骑手勒住了狂奔的马儿。这些变化几乎不超过两秒钟。两秒钟之后，英俊的牧师还是没有动作，没有言语。

“爸爸说你现在都不来看我们了。”奥利佛小姐忽然抬起头来，接着说，“今天晚上只有他一个人，而且不大舒服。你愿意同我一起回去看看他吗？”

“这个时候去打扰奥利佛先生不合时宜。”

“怎么不合时宜了？爸爸的工厂关门了，他没事可干，正需要人做伴，有什么不合适的？”奥利佛小姐像想起了什么，“噢，我忘啦！黛安娜和玛丽已经离开了，沼泽山庄也已关闭，你该多么孤独啊。我真的很同情你，还是去看看我爸爸吧。”

谁能拒绝这位天使的邀请呢，我在心里叨念着，很希望圣约翰先生能听从这个建议。可是，莫尔顿的现任牧师是多么倔强啊，他几乎像台机器那样，毫无感情地回答道：“今晚不去了，奥利佛小姐，今晚不去了。”

单纯天真的奥利佛小姐可能听不出这简单的拒绝需要多大的力量才能说出这样狠心的话语，只有圣约翰自己才能知道。

“好吧，既然你那么固执，我只好离开了。时间不早了，晚安。”

“晚安。”年轻牧师重复着，声音沉闷而无趣。他的脸色那么苍白，毫无血色。

“你怎么了，身体还好吗？”奥利佛小姐有些放心不下。

“我很好。”他简单说完后，鞠了个躬，而后，毫不犹豫地转身离去。

我注意到，他们两人走的是截然相反的两条路，当奥利佛小姐像天使一样飘下田野时，两次回过头盯着那个挺拔身影渐行渐远，而年轻牧师呢，一直在坚定地走，从未回头。

我现在理解黛安娜曾评价过她哥哥的那句话：圣约翰就像死神一样无情。看来黛安娜丝毫没有夸张。

第三十二章

奥利佛小姐的画像

本以为那群呆头呆脑的学生是群小笨蛋，可是我错了，她们一旦开窍就会变成相当可爱的小精灵。她们变得懂礼貌、讲卫生、按时完成作业。有几个特别优秀的孩子，已经会读、会写、会缝，于是我就教她们语法、地理和历史的基本知识以及更精细的针线活。

我与孩子们的关系越来越好，家长们也都很尊重我，经常邀请我去家中玩耍。在莫尔顿溪谷，我觉得自己已成了乡亲们喜爱的人，不管什么时候出门，总会听到四处传来的热情问候，看到友好相迎的笑脸，这种来自公众的关爱令我如同坐在宁静而可爱的阳光下，任恬静的心情在阳光的照耀下发芽、开花。

虽然这里的白天如此令人开心畅快，可是到了晚上，我却常常陷入光怪陆离的梦境中。在梦里我一次次遇见罗切斯特先生，听见他的声音，投入他的怀抱，碰到他的身体，爱他又被他所爱，根本无法安然入睡。半夜醒来后，我又会无缘由地思索自己身在何方，处境如何。但不管夜晚的折磨如何难以忍受，第二天早上九点，我都会按时打开校门，心平气和地处理当天的教课任务。

罗莎蒙德·奥利佛小姐没有忘记曾许下的诺言，她常常骑着马儿来看我。我心里很明白，这位小天使频繁来此其实是希望经常见到圣约翰先生。年轻的牧师每周会为孩子们上一堂教义课，于是，奥利佛小姐就会总在这时候出现。

我还注意到一些细节，当奥利佛小姐与圣约翰先生说话、谈笑时，他的手会颤抖，眼睛会燃烧，年轻的牧师此时似乎不是用嘴巴，而是用哀伤而坚定的目光告诉她：“我爱你，我知道你也喜欢我。我不是因为求爱没有成功的希望而保持缄默。要是我献上这颗心，我相信你会接受它，但是这颗心已经摆到了神圣的祭坛上，四周的火已经点燃，它很快就将成为一件焚化的祭品。”通常看到这种目光，奥利佛小姐都会生气地撅起嘴转身离去。圣约翰本来完全可以叫住她、留住她，但他没有这样做，他不愿为爱情乐园而失去心中永恒的天堂。

不管与圣约翰的交往是喜是忧，奥利佛小姐还是会经常造访我的小屋。一来二去，我也渐渐地了解她了，这位小天使其实既不神秘，也不虚伪，是个迷人的小家伙。

有一天，奥利佛小姐突然心血来潮，非说我像圣约翰先生。天知道她说这话时哪根筋在跳动，圣约翰是个标准美男子，我们怎么可能有相像之处？但小天使可不这么看，她固执地认为，我与那位年轻牧师一样善良聪明、坚强勇敢。

她还在我的小屋里像个孩子似的不停翻看书本画作之类的东西。当她发现两本法文书、一本德文语法词典和画夹里的几张速写后，她先是惊讶得愣住，接着又欣喜若狂地大叫：“这些画都是你画的？你还懂法语和德语？真是个奇迹！你比XX城一流学校里我的老师画得还好。你愿意为我画一张速写让我爸爸看看吗？”

“当然，我很乐意。”想到能有如此完美的模特儿写生，我心里真是高兴。于是，我们约好了时间，改天专门腾出块时间来为她作画。

第二天晚上，奥利佛先生居然亲自陪她来了。他是位浓眉大眼、头发灰白的高大中年人，看起来沉默寡言，或许还有点儿自负吧。我有幸与他有了一次交谈，奥利佛先生自然聊起了圣约翰先生，他认为，一个才华出众的年轻人决定去当传教士实在可惜，那等于抛弃了另一种很有价值的生活。同时还表明，只要圣约翰乐意，他非常赞成两家联姻。

十一月五日正好是个假日。我的小仆人清扫完屋子后拿着一便士的酬劳非常满意地离开了，小屋被她擦拭得窗明几净，一尘不染。这是个美丽宁静的下午，我打算完成奥利佛小姐的画像。

就在我正全神贯注涂抹画稿时，一阵急促的敲门声响起，打开门，是圣约翰先生。

“让我来看看你是怎么度过这个假日的。”他说着，顺便捎来一本新出版的《玛米昂》，那可是只有非常幸运的读者才能读到的一本佳作啊！

我急切地翻阅起《玛米昂》，圣约翰则弯下身子细看着画稿。蓦地，他惊跳起来，站得笔直，当我抬头看他时，年轻牧师避开了我的目光。我当然明白他的想法，便放下书本，打算为他和奥利佛小姐做点好事。

我开始直截了当地问他：“这张画画得像吗？”

“像！像谁？我没仔细看。”

“我确定你仔细看过了，圣约翰先生。”我把画稿递过他跟前说，“不过，我不反对你再仔细看看，看看这像谁？”

“我想，是奥利佛小姐吧。”他嗫嚅着。

“如果你喜欢，我可以再画一张送给你，不过，你得先答应肯定会接受这件礼物。”

就在我说话时，他还在凝视着那张画，嘴里低声咕哝着：“像！很像！眼睛处理得很好，色彩、光线、表情都很完美，她还在微笑哩。”

看着他那样子，我真想笑，可还是控制住了，“那么，你希望拥有这么一张画吗？”

他偷偷抬起眼来，忐忑不安地扫了我一眼，点着头说：“我肯定希望有。至于这样做是否明智，那是另外一回事。”

“照我看，你要是能得到画中人，那才叫明智之举。”

圣约翰坐下来将画稿放在桌子上，双手支着额头，深情地看着。可能已经对我的大胆进言习以为常了吧，我这番话没有引起他的任何不同看法。

“我敢肯定她非常喜欢你，她的父亲也很看重你，何况她又是那么可爱的姑娘，你应该娶她。”我接着说。

“她真的喜欢我？”

“当然，那个小天使经常谈起你，就好像没有别的话题更能让她感兴趣了。”

"本来我只是送书来的，既然能有如此高兴的谈话，那我就再待一刻钟吧。"圣约翰说着，竟真的掏出只表来计算着时间。

"你知道吗？今天能有幸知道我和奥利佛彼此喜欢，这是件多么开心的事啊，足以让我欣喜万分，让我神魂颠倒，这十五分钟，就让我平静地度过吧。"

我依从了他，任怀表嘀嗒嘀嗒走着。静谧中，一刻钟很快就过去了。年轻的牧师像卸下什么重物似的将那张画稿放下，站在壁炉边："好啦，那一小段时间中我已沉溺于痴心妄想了，现在走出这片痴幻，我能看穿一切，看穿她的允诺为空，钟情为假。"

我惊讶地瞪着眼前这个人，年轻牧师丝毫不理会我的表情变化，一口气说下去："我那么狂热地爱着奥利佛小姐，同时又冷静地意识到她不会是个好妻子，不会是适合我的伴侣。不消多久，婚后一年之内我就会发现这缺憾。在我内心的某一方面，确实对她的魅力很敏感，但另一方面也对她的缺点有很深的印象。你不妨想想，一个出身高贵、身家不菲而又向往多种人生乐趣的姑娘，可能与我、与我所从事的职业相伴一生吗？你认为奥利佛小姐适合做传教士的妻子吗？"

我没有想到他会这么想，难道牧师的职业已令他甘于牺牲爱情的地步吗？我问："你为什么非要当传教士？要知道，你完全可以放弃那个计划。"

"什么？你说放弃我的职业？我伟大的工作？让我在世间打下的基础全部塌毁吗？牧师的职责是把知识传播到无知的领域，用和平代替战争，用自由代替束缚，用宗教代替迷信，用上天堂的愿望代替入地狱的恐惧。你可知道，它比血管里流动的血液还要珍贵，还要至高无上，我怎么可能放弃？"圣约翰明显地激动起来，我甚至能看到他眼里控制不住的星点光芒，看来此前的劝说毫无用处了，我们之间有了长时间的沉默。

掸掸帽子，圣约翰准备走了。这时我突然还想弄明白一个问题，便问："为什么奥利佛小姐一走进教室你就会浑身颤抖，脸也涨得通红？"

他根本没想到一个女孩会跟男人提出如此大胆的问题，惊诧地瞪

了我几秒钟后，说：“你可真是有点儿特别，胆子也不小，不光有几分勇敢精神，眼睛也有某种穿透力，能观察得如此细致。我可以如实告诉你，我非常鄙视这种反应，那只是肉体的狂热，绝不是灵魂的震颤，我的灵魂就像礁石一样，牢牢固定在心灵深处。”圣约翰先生说完这番话后，仍然不理会我的反应，他再次望了一眼那张画像。

“需要我再为你画一张吗？”我小心地问道。

“不用了，没必要。”

许是为了遮住以前的记忆吧，他拿过张白纸盖在了画稿上，那是我画画时怕弄脏纸板用来垫手的。突然，圣约翰像是发现了什么，猛地拣起那张纸，回头瞟了我一眼。我感觉那目光奇怪极了，像闪电一样迅速、锐利，又像迷雾一样让人难以看清。

“怎么了？”我问。

“没什么，我走了。”他可能也觉得这样看我不大妥当吧，收回目光后，圣约翰动作利索地从那张纸上撕下块纸片，藏进手套里，匆匆忙忙跟我道别后，就走了。

“真是个奇怪的人！”我拿过那张纸，细细地瞧了瞧，那上面只有几滴暗淡的色泽，圣约翰撕这么张纸有什么用？他今天的话语已经够让我吃惊了，怎么连行为也让人如此捉摸不透？我在脑中纠结了片刻，仍未找到答案，干脆就把这件事放下了。

第三十三章

财产与亲情的继承人

圣约翰先生走时，天气就开始变了。暴风雪刮了整整一夜，到第二天黄昏时分，外面的积雪已堆积得很厚，几乎无法通行。我关紧门窗，拨旺了炉火，在这片温暖而狭小的空间里看起昨天那本《玛米昂》。

一声门栓响动，我转过头惊叫起来："圣约翰先生？"眼前的来访者上上下下一片雪白，那修长的身材就像根冰雪柱子。他跺跺脚，将披风和鞋子上的雪都摆落掉，带着丝丝寒意说道："到你这儿来真不容易啊，雪堆能埋到齐腰深，不过幸好没出现什么意外。"

这么晚、这么恶劣的天气，圣约翰怎么又来了呢？他昨天才刚刚离开啊，是不是出了什么事，想到这里我便问他："你为什么要来这里？"

"这么问客人，可有点儿不大好客啊。我没什么事，就是想和你聊会儿，或者讲个故事什么的。"

看着他那瘦削的身体，冻红的脸颊，还有额头上深刻的皱纹，我突然有些心疼："但愿黛安娜和玛丽能回来和你一起生活，这样孤零零的一个人，太糟糕啦，你还那么不会顾惜自己的身体。"

"我没什么，你看书吧，我稍微暖和会儿。"他好像有点儿不耐烦，我决定不理他，看他待会想做什么。

时钟敲过八点，圣约翰终于转向我，看来他是打算说明来意了。"来吧，简小姐，我想跟你讲个故事。"牧师说道。

这家伙到底肯坦白了，我心里还有点儿得意，但这点儿得意马上就被他脸上那严肃的表情给吓回去了。他接着说："我考虑了一下，觉得还是我说你听比较好些，请你不要觉得这故事会有多么陈旧。"

我点点头，于是，圣约翰在风雪之夜为我讲述了这个很久以前就已经开始的故事："二十年前，一位有钱人的女儿爱上了穷苦的牧师，他们结婚了。不幸的是，反对这桩婚姻的女方父母在婚礼完毕后就同她断绝了关系，没过两年，夫妇因病离世，永远留在了XX郡的某个工业城市。这个贫穷的家庭现在只剩下一位幼女，后来她被舅舅带走收养。但没过多久，慈爱的舅舅又离她而去。这样，她赖以生存的那座盖兹海德府就只有狠毒的舅妈里德太太来做主了。简，别激动，听我继续说：里德太太与孤女的关系非常不好，度过难以忍受的十年之后，孤女被送到劳渥德学校。她在那儿的经历听说要比盖兹海德府愉快许多，八年里，她当了六年学生、两年老师。后来，又离开了劳渥德学校另谋他职。这一次，她选择的是桑菲尔德府，为罗切斯特先生担当起教育孩子的职责。"

"圣约翰先生！"我叫起来，他摆摆手，示意我安静下来："我能猜出你的心情，不过，还是听我讲完吧。"

我紧咬嘴唇，听那牧师缓缓说道："关于罗切斯特先生，我所知甚少。与其他很多外人一样，我听说的仅有一件事，那就是他宣布要同这位年轻姑娘结成夫妇，但就在婚礼进行时，有人披露他还有个疯妻子活着，年轻姑娘一气之下离他而去，谁也不知道她去了什么地方，能从哪里找到她。听说，罗切斯特先生找遍了附近的每一条路，甚至这个郡他都打听过，可还是没有关于她的丁点儿消息。现在，报纸上已经登出广告，到处都在找她，我自己也从一位自称是勃里格斯的律师先生那里收到封信，是他简单告诉我事情的经过。你认为自己有兴趣听这个故事吗？"

"既然你已经知道那么多，圣约翰先生，能告诉我罗切斯特先生怎么样了吗？他现在在哪儿？他好吗？"

"关于罗切斯特先生，我确实仅知道那么点儿。你为什么不问问故事里的女主角叫什么名字？"

我没有顾得上回答他，问道：“你不是说有封信？信里没有他的消息吗？”

“是勃里格斯先生的来信，他说回信答复他的不是罗切斯特先生，而是一位太太的署名，叫艾丽斯·菲尔费克斯。”

是菲尔费克斯太太！我的心里一阵发冷，罗切斯特先生不在桑菲尔德府？他去了哪里，会不会离开英国，又去了曾让他疯狂痛苦的欧洲大陆？他会从那里寻找什么呢？寻找麻醉还是寻找发泄对象？我可怜的主人、我亲爱的爱德华、我至爱的恋人，他会知道我是那么期盼听到他的消息吗？

圣约翰见我沉默着，没有回答他的问题，心里有些不痛快：“既然你那么不乐意知道女教师的名字，那只好由我自己来说了。等等，先看看我保留的这份证据吧。”他掏出皮夹，仔细从里面取出块破纸条，正是昨天从白纸上撕下的那块儿！

他举着纸条递到我眼前：“瞧，这上面有什么？”星星点点的颜料杂色中，我用墨汁写的“简·爱”两字是那么清晰、醒目，估计那是我心不在焉时随手留下的。

“勃里格斯律师在信中提到了简·爱，报纸登的寻人启事上要找的也叫简·爱。这个人与你如此相似，虽然此前我对你有过怀疑，但也仅仅是怀疑而已，直到昨天，昨天我发现这块纸条上的签名，我才肯定自己的猜想。”

“我承认我就是简·爱，现在你能告诉我勃里格斯先生在哪儿吗？他也许能知道些罗切斯特先生的情况。”

“他在伦敦，他感兴趣的并不是罗切斯特先生，所以可能不知道他的情况。你为什么不问问我，勃里格斯为什么急于找到你？”

“嗯？他找我干什么？”

“他是要告诉你，你的叔叔、住在马德拉群岛的爱先生去世了。临终前，他把全部财产留给了你。现在你很富有，有两万英镑正等着你继承，你已是一位地地道道的财产继承人。”

“两万英镑？”我惊叫起来，瞪大了眼睛，吃惊地望着圣约翰先

生。天啊！足足两万英镑，命运突然翻出张新牌，几乎是在眨眼之间我就由穷变富，这种转变让人如何适应？

年轻牧师哈哈大笑起来，我还是头回见他如此，他笑我什么？圣约翰说："哟哟，瞧你这样子，就算杀了人你也不见得会有这么吃惊吧？"说着他拿过披风，准备出门。

"你等等，"我突然想起个关键问题，"为什么勃里格斯律师要将这事告诉你？"

圣约翰先生这回可不像刚才说话那么流畅，他一会儿借口等黛安娜和玛丽回来告诉我，一会儿又说改天再聊。这种推推托托的样子可不适合他的本性呀。我是个急脾气，容不得别人说半句话，所以他越是不讲我就越要逼出来。

这个高个子男人低头望望地面，瞪了我一眼，无奈道："好吧，我让步，反正这事你早晚也会知道的。你刚才承认自己是叫简·爱，那你有没有注意到，我与你同名？我受洗时取的名字是圣约翰·爱·里弗斯。"

我的思维仿佛一下陷入了停顿，当我将那凝滞的念头梳理、摆放好后，各种经历突然变得条理清晰、环环相扣，我不敢相信自己的推断，但好像也只有这种念头能够衔接起整桩事件。

接下来，圣约翰的解释更证实了这种刚刚浮现脑海中的猜想："我母亲的名字叫爱，她有两个兄弟，一个是位牧师，他娶了盖兹海德府的简·里德小姐，另一个叫约翰·爱先生，生前在马德拉群岛的沙韦尔经商。勃里格斯先生是爱先生的律师，去年八月写信通知我们舅父已经去世，说是已把他的财产全部留给牧师兄弟的孤女。由于我父亲同他发生过一次无法宽恕的争吵，他在遗产问题上忽视了我们。几周前，勃里格斯又写信告诉我，说那位女继承人失踪了，问我是否知道她的情况。而昨天，你随意写在纸条上的名字让我把她找到了。就这样，其余的你都知道了。"

我感觉自己喘不过气来，一步拦在他面前："你是说，你母亲是我父亲的姐姐？也就是我的姑妈？"

他镇定地站在我面前，说："是的。"

"那么，我的约翰叔叔就是你的约翰舅舅？你、黛安娜和玛丽都是他姐姐的孩子？"

"是的。"

"就是说，就是说我们是表兄妹？"

"是的。"他接连三次，认真地作出同一回答。

真不敢相信！我突然明白，为什么在沼泽山庄头一次见到黛安娜和玛丽时，我会有似曾相识的感觉，为什么我会觉得他们三位让我如此亲近。在饥寒交迫、露宿荒郊野外时，我碰到的竟然是自己的亲人，是与自己血脉相连的表亲！这对一个将近二十年始终孤苦伶仃活在世上的人来说是一笔多么巨大的财富啊！

我高兴地大声嚷嚷起来："太好啦，我居然有家啦，还有爱我、照顾我的三位亲人！我太高兴啦！"

圣约翰笑了："真是奇怪啊，告诉你有笔巨额财富时你一脸严肃，现在为了这么件小事，你倒激动起来了。"

"你不会理解我的，你有两个妹妹，一直都有亲人，不会体会到没有亲人、孤苦伶仃的感受，这种亲情对你来说是与生俱来，可对我呢，这才是最吸引我的财富！我太兴奋啦！"

我抑制不住这突然降临的幸福，在小屋里来回走着，脑子里也在紧张思索着什么。圣约翰八成以为我被巨大的幸福冲昏了头脑，难以控制自己的情绪，他不停地劝我要理智点、平静点。

我向圣约翰，哦，应该说是我的表哥宣布："我决定将叔叔留下的两万英镑，在我们四人中间平分，每人各得五千。现在，你应该写信告诉黛安娜和玛丽，叫她们快回来。黛安娜说过，要是有一千英镑，她都会觉得自己很富有，所以这五千英镑，应该能带给她们很好的生活。"

圣约翰显然是被我的宣布吓着了，他认为我只是个思想还不成熟的小姑娘，刚才那番胡言乱语完全是一时冲动导致的。我根本不理他那一套，口气坚决地接着说："我不是个极端自私、盲目不公和完全忘恩负义的人，我已经谈了对这件事的想法。另外，促使我做出这个决定的主要原因是，我想有家、有亲戚，我喜欢黛安娜和玛丽，喜欢沼泽山庄。再说，如果我分得五千英镑，自己会很高兴，但要是两万英镑，它会很快就折磨死我的。所以不要再讨论了，赶快去做吧，我现在太想见到黛安娜和玛丽啦！”

圣约翰并不认同，他说：“你还不知道这笔巨额财富将会使你变得怎样的举足轻重，它会为你获得很高的社会地位，还会为你开辟广阔的前景，你不能这样冲动行事。”

听他这样说，我有点儿生气了：“我冲动吗？我现在有一个哥哥，很快就要远在千里之外，还有两个姐姐，却在给陌生人做奴仆。这两万英镑，既不是我挣来的，也不是我应该享有的，如果我真心把你们当作亲人，怎么可能在享受荣华富贵之时，看着自己的亲人为生活辛苦奔波？我不能接受自己独享巨富，而你们连一个子儿也没有的不公平分配！”

圣约翰定定地看着我：“好吧。我再一次让步，在我亲爱的三妹面前。也许你说得对，我们是一家人，会永远记得荣辱与共而不是独享安乐。”

黛安娜和玛丽很快就回来了，虽然她们认为这样做对我不公平，可是因为我意已决，两位表姐最后也妥协了，同意将事情交付仲裁。被选中的仲裁人是奥利佛先生和另一位能干的律师。在走过一套繁杂而漫长的操办流程之后，我终于实现了自己的心愿：圣约翰、黛安娜、玛丽和我，各自享有五千英镑的富裕财产。

第三十四章

年轻牧师的求婚

圣诞节前夕，关于遗产的所有事宜终于处理妥当。全民休假的日子即将来临，我给莫尔顿学校放了假，得知我将要离开学校，孩子们都非常舍不得。

是啊，莫尔顿学校从无到有，从二十个学生到现在的六十个，我是从始至终的见证人，已与孩子们建立起深厚的感情，她们又怎么会没有依恋之情呢？我答应她们，节日过后的每周我都会再来这里，为曾经教过的孩子们上一小时的课。

回到沼泽山庄，我感到前所未有的快乐，一种急于改变现状的激情为我增添了无穷动力。汉娜也跟着我来了，我们计划用一星期的时间来打扫房子。表兄表姐们也主动拿出部分钱财，委托我购买新家具来布置四人共有的新家。我们把沼泽山庄从房间到地窖都清理了一遍，还重新安排了每件家具物什，让冷清了很长时间的每个房间都燃起了熊熊炉火。一星期快过去时，我与汉娜又开始准备各种各样的美食，拣葡萄干、研磨调料、做圣诞饼、剁肉馅饼料等等，忙得不亦乐乎。

我之所以这么迅速、这么卖力地做着这些，是想在星期四黛安娜和玛丽到家之前，把一切都安排得妥妥帖帖，这样，她们一进屋就能享受到我所能给予的最理想的欢迎。

久别重逢的日子终于就要来啦！星期四那天还没到傍晚，我和汉娜就早早生起炉火，穿戴得干干净净，准备好迎接远道而来的两位表姐。

圣约翰先来了，我拉着他在整幢房子里转了个遍，本以为他能对我和汉娜一周来的劳动成果好好夸奖一番，可是年轻的牧师只简单说了几句辛苦费心之类的话，对眼前崭新的改变，却无任何表示。

这让我很扫兴，便问他是不是这种改变让他对老屋的怀念有所减淡。圣约翰说："一点儿也没有。我只是担心你在这上面花的心思太多了，会不值得。哦，对了，你知道上次我看的那本书放在哪儿吗？"我把书本指给他看，他很快取过，认真地阅读起来。

我非常不喜欢他这个样子，虽然他是个好人，可我觉得他更像是个冷酷无情的人。他活着纯粹是为了追求那伟大神圣的牧师使命，永远不会休息，而且也不赞成别人休息，他很难成为好丈夫，做他妻子肯定是件折磨人的事，年轻的牧师就像根冰冷笨重的柱子，阴郁沉闷，毫无生趣。

"她们来啦！她们来啦！"汉娜高兴地嚷嚷起来，老卡洛也汪汪叫着。我飞快地跑出去，马车车门打开，两个熟悉的身影走了出来，正是黛安娜和玛丽！我快乐地拥抱着两位表姐，她们大笑着，吻着我，吻着汉娜，还拍了拍老卡洛，大猎狗欢快得差点儿发疯。

长途颠簸与夜间寒气将两姐妹弄得四肢僵硬，进入屋内一见到温暖的炉火，她们立即绽开笑靥。这时，圣约翰才不慌不忙地走出来。姐妹俩兴奋地吻着哥哥，而她们的哥哥，就像欢迎平常客人那样，静静地吻了吻，低声说几句话，随后又钻进了客厅。

两位表姐非常喜欢房间的整修和装饰，尤其对新帷幔、新地毯和色泽鲜艳的瓷花瓶很满意，她们慷慨地盛赞了我的劳动成果，说这样的安排完全符合心意。听到她们这样的夸赞，我很高兴，这真是个美妙又可爱的夜晚！

接下来的一星期正好是圣诞节。这段时间我们什么正事儿也不干，天天在快乐与幸福中度过。我尤其喜欢听她们说话，那是多么机智精辟而又新颖独特的对话啊。与我们三位相比，圣约翰先生就显得有些格格不入啦，他很少在家，每天都出去访问贫困人家，为别人的家庭带去上帝的福音。

有一天吃早餐时，黛安娜问起正在餐桌上看书的哥哥："你的计划没有改变吗？"

圣约翰抬起头来，平静而坚定地回答："是的，没有改变，也不

可能会改变。我将在明年离开英国。”

“那罗莎蒙德·奥利佛小姐呢？”玛丽脱口问道。

他仍是那样平静的语调：“她就要跟格兰比先生结婚了。格兰比先生是弗雷德里奇·格兰比爵士的孙子和继承人，家庭背景很好，我昨天从他父亲那儿听到了这个消息。”

我们三人互相对视着，不知道该说什么。还是黛安娜开口了，她说：“这门婚事准是定得很匆忙，他们不可能认识多久。”

“已经有两个月了，据他父亲讲，这门亲事从各方面来看都很合心意，没有必要拖延。所以，等新居整修好，他们就会结婚的。”

本以为这件事会让圣约翰很伤心，但我想错了，他似乎不需要什么同情，从始至终都是一副冷若冰霜的态度。正当我胡思乱想时，圣约翰突然转头对我说：“你瞧，简，战斗已经结束了，我获得了最后的胜利。”

我非常吃惊他能如此谈论这件事，犹豫片刻后，我问：“你确信自己不是那种为胜利付出重大代价的征服者吗？如果再来一次这样的战斗会不会把你毁掉？”

“我想不会。要是会也没多大关系。我再也不会去参加另一次这样的战斗了。现在我的道路已经扫清，我会为此而感谢上帝！”说完，他又埋头看起书来。

沼泽山庄的幸福生活较为平静些时，我们恢复了往日的学习。圣约翰待在家里的时间越来越多，他有时一坐几个小时，刻苦学习某种东方语言，黛安娜继续看《百科全书》的阅读课程，玛丽在绘画，我在学习德文。

圣约翰在学习空闲时，经常会转动他的蓝眼睛打量着我们，我觉得很奇怪。有一天，我有点儿感冒，黛安娜和玛丽代我去了学校，家里只有我和他两人。圣约翰先生这时向我提出个要求：“你能为我改学印度斯坦语吗？”

“你是开玩笑还是当真这么想？”

“当真的。我来告诉你为什么。”他解释说，印度斯坦语是他眼下正在学习的语言，学了后面容易忘记前面。要是有个学生，他就可以一遍遍重复那些基本知识，以便牢记在自己的脑子里。他之所以没选两位妹妹而选了我，是因为我比较能坐得住。

我真不愿意帮他这个忙，但圣约翰先生不是可以轻易拒绝的人，何况，他还救过我的命呢，为了这份救命之恩，我也应该帮他一个小小的忙呀。我一边说服自己，一边默想着希望不会有太久的牺牲，因为此时离他远行的日子只剩三个月了。

艰苦而枯燥的外语学习开始了。教习过程中，我发现他是位耐心、克制又很严格的老师，只要有他在，我就再也不能谈笑自如了，自己好像被置于一种使人冻结的魔力之下遭受苦役，我多希望他像以前那样忽视我、远离我啊。

每天晚上我回到卧室独处时，都会想念那个曾经令我心醉、现在令我心碎的名字。我对他的思念就像是花草眷恋阳光的温暖，溪水眷恋群山的怀抱，永远不会改变或有丝毫的减弱。

我曾在与勃里格斯通信商量遗嘱之事时，问起过他是否知道罗切斯特先生的近况，律师给我的回答是一无所知。我又写信给菲尔费克斯太太，想打听这方面的消息，可是两个星期过去了，音信全无。我与罗切斯特先生完全断了联系，当半年的时间在徒然盼望中悄悄流逝后，我的希望也随之破灭。

进入五月，夏天快到了，天气回暖。琴房里飘来黛安娜练琴的美妙歌曲，玛丽在园子里侍弄着花草。圣约翰过来，邀请我出去走走。

这是沼泽山庄背后的一条荒凉小径，微风轻拂，带来阵阵欧石南和灯芯草的芳香，湛蓝湛蓝的天空下，是层层起伏的山峦。我们踏上一块细如苔藓、青如绿宝石的柔软草地，停了下来。

圣约翰在这里向我提出严肃的话题："简，再过六个星期，我就要走了，船位已经定好，二十六号就会起航。你愿意做我的伴侣和同事，随我一起去印度吗？"

这个提议让毫无思想准备的我大吃一惊："哦，圣约翰，你就行行好吧，我不合适，也没有那种才能。"

他估计到一开始我会反对，所以没被我的回话激怒。倚着一块岩石，他双臂抱着放在胸前，脸色镇定沉着地说：“简，如果你不适合这一工作，又有谁适合呢？自从同你初次接触以后，我已经研究了你十个月。你有一种孜孜不倦、刻苦勤奋的精神，还有永不衰竭的活力和不可动摇的个性，你具备我所寻求的一切品格。简，你温顺、勤奋、无私、忠心、坚定、勇敢，我可以毫无保留地信任你。如果你能对我在印度的事业有所协助，那将是无价之宝。”

原来他让我学习印度斯坦语的用意在此，他一直将我视为实验品，考察我，琢磨我，只是为了完成他那项伟大而光荣的使命与事业。我闭上眼睛，感觉罩在头顶的铁丝网正在渐渐收拢，感觉他的说服正在步步进逼，这种被逼迫的痛苦实在折磨人，我让等候回话的圣约翰先生给我一刻钟时间，好好考虑一下。

圣约翰先生答应了，他转身去了几十米外的小山坡。我很明白一点，如果跟圣约翰先生去印度，无异于自寻死路，我无法适应那里的环境气候，而且照个性来讲，我会像他那样奋力工作，那样毫无怨言地无私奉献着一切，把心灵和肉体都捧到圣坛上，做出我所有的牺牲。这样的殉道太可怕了，我无法承受。我可以作为他的妹妹，但绝不是以妻子的名义来陪伴他。

于是，一刻钟后，我向圣约翰先生做出如下答复：“要是能保持自由身，那我同意随你去印度。”

“你的回答需要解释一下，不清楚。”他说。

“我们是表兄妹，这样过下去挺好，你我还是不要结婚的好。”

他摇摇头：“这种情况下表兄妹是行不通的。如果你是我的亲妹妹，那是另外一回事，我会带着你，而不去另找妻子。但现在的情况是，我们的结合要么是用婚姻来保证，要么这种结合就不存在。简，再考虑一下吧。”

我的确考虑了，不用再浪费时间，我重复了刚才的回答：“我把你当作哥哥，你把我当作妹妹，就让我们这么继续下去吧。”

“不能这样！我们不能！”他粗暴地喊起来，“你必须成为我的一部分，不然整个事儿只是一句空话！我一个不到三十岁的男人怎么能带着十九岁的姑娘去印度呢？我们能没有结婚而始终待在一起吗？简，跟我结婚吧，你不会后悔的。我再说一遍，我们一定得结婚。在此之后，爱情就会随之而生，那时，你就会知道我们的婚姻是完全正确的。”

“我瞧不起你的爱情观，”我不由自主地说着，“我瞧不起你自认为取胜奥利佛小姐的那场战争，我瞧不起你为我们将来所付出的虚情假意。我们之间没有爱情，只有你神圣的事业，为了它，你不顾表妹的孱弱身体，不惜牺牲她的终生幸福。圣约翰，从你有这个想法时，我就瞧不起你了。”

他的眼睛死死盯着我，好看的嘴唇紧抿着，我分不出这是激怒还是吃惊的表情，因为圣约翰的自制力超乎常人，他完全能够控制自己的表情流露。

“我认为我并没有做过和说过让你瞧不起的事情。”我等到的是一个坦然而平静的回答。

我被那种温和的语调打动，更被对方傲慢镇定的神态所震慑：“原谅我吧，圣约翰。这是个我们不应该讨论的话题。亲爱的表兄，放弃你那套结婚计划吧，忘掉它。”

“不，这是一个久经酝酿的计划，而且是唯一能实现我伟大目标的计划。不过现在我不想劝你了，明天我将会去剑桥与朋友们告别，大约两周后回来。希望你能利用这段时间再考虑考虑我的建议。”说完，他转过身，走了。

第三十五章

那声狂野呼唤

圣约翰没有如期赶往剑桥，而是推后了一星期。这一星期里，他让我深刻体会到一个善良而苛刻、耿直而无情的人，对冒犯者会给予多么严厉的惩罚。

他仍然像往常那样每天早晨把我叫到书桌前交谈，只是从每个行动和每句话里巧妙地删除了关心和赞许，我们之间的谈话冰冷而无趣。

圣约翰原谅了我说瞧不起他的爱情观这件事，但这并不表示他已忘记。我能从那张冰冷面容中感觉到这些话就存在于我们之间的空气里，只要他和我还活着，就永远不会消失。我常常找机会和解，但是他的惯常反应与平静心态让我觉得他情愿如此，连我的眼泪几次滴落在书页上，他都丝毫不为所动，自顾自学着那艰涩难懂的东方语言。

圣约翰离家的前一天傍晚，他独自在花园里散步。我望着那个挺拔的背影，想起他是我的亲人，想起他在我最困难的时候伸出过手，心里就掀起阵阵波澜。我快步走出屋子，站在他背后说："圣约翰，你还在为我的话生气，这让我心里很难受。"

他依然背着手，连身子都未转过来，声调冷淡而平静："我们本来就是朋友，我从没有把你当成陌生人。"

如果眼前是别人做出这种回答，我会拂袖而去，但他是我的表哥啊，我敬重他的才华和信念，渴望着他的友谊重回身边。于是我继续尝试着："难道我们非得这样分别吗？圣约翰，你就这么离开我去印度，不说一句更亲切的话吗？"

"我去印度就是离开你吗，简？你是说你不去印度？"

“你说我不能去，除非嫁给你。”

“就是说你不会和我结婚？你坚持这个决定？”

“是的，圣约翰，我不会嫁给你，会坚持自己的决定。”

他浑身颤抖了一下：“为什么会拒绝？”

“以前，是因为你不爱我，现在，我可以回答，是因为你差不多快恨死我了。要是我跟你结婚，你会害死我的，你现在就在害死我。”

他的脸色霎时惨白：“我会害死你？你的话太凶暴了，不像是女人说出来的！你犯下了不可饶恕的罪过，但我会宽恕你，因为这是我做人的责任。”

真是糟糕透顶！我本来希望抹去以前的伤痕，却不料在圣约翰与我之间划出更深的伤痛，就像是烙上的印记，永难消复。

我无法恢复曾有的情谊，可年轻的牧师也没有放弃他的计划，他再次问我：“你确定你不会去印度了吗？”

“不，我愿意去的，不过是作为你的助手。”我答道。

他郑重而平静地说：“一个不做我妻子的女副牧师，对我绝不合适，看来你是不能同我一起去了。不过你要是诚意如此的话，那我可以同一位已婚教士说说，他的妻子需要助手。这样，你就不会因为失信和毁约而感到耻辱。”

没有什么言语比这更专横更残酷了，这种冷硬的回答激起我强烈的反抗：“圣约翰，我认为这并无耻辱可言，也不存在着失信和毁约。我丝毫没有去印度的义务，因为你是我的亲人，我佩服你，信任你，所以才会甘心为你冒风险。不过不管与谁同行，印度那种气候条件我都无法适应，我会活不长的。”

“嘀，原来你是为自己担心。”他不屑地撇撇嘴。

“是的，我为自己担心，上帝给了我生命不是让我随意虚抛的。如果按你的意愿去做，无异于自杀。而且，现在我还迫切需要弄明白，留在这儿是不是比离开更有价值？”

“你这是什么意思？”他锐利地看着我，“我知道了，你的心始终朝向那个人，始终依恋着他，你是不是对罗切斯特先生还抱有希望，还记忆在心？你会去找他？”

“我一定要弄清他现在怎么样了。”

“那么，我只能在祷告时想起你了，我的妹妹。再见。”他走了，没有回头。

我们的交谈被站在窗里的黛安娜尽数收在眼底。当我回到客厅，温厚的表姐按着我的肩，细细地询问我。虽然我有意隐瞒不愉快，但黛安娜告诉我，她和玛丽早已关注许久了，肯定有什么事发生。

我索性直接告诉她：“圣约翰提出要我做他的妻子。”

这个回答并未出乎两位表姐的意料，黛安娜当然希望我能答应，这样，她哥哥就不会再去印度而是留在英国，一家人不用再忍受分离之痛。

“可是事情并非这么简单。”我说，“他向我求婚的原因，不是爱我，而是为他在印度的辛苦工作找一个合适的同伴。”

“什么？他要你去印度？”黛安娜惊叫起来，“真是个疯子！我敢肯定，简，你在那儿活不过三个月，你不能跟他去！简，你没有答应他吧？”

“就因为我的拒绝，他生气了。为了让我们的友情再回到从前，我说可以作为他的妹妹或助手同去。”

“简，你真是傻到顶啦。那儿的工作将会是无休止的劳累，一个强壮男人都有可能累死，更何况如此瘦弱的你？你为他学习印度斯坦语，宁可感冒生病也坚持去做，简，你既有如此的决心和毅力又为什么会有勇气拒绝他？你不爱他，是吗？”

“不是把他当作丈夫来爱。你曾说过，他像个死神一样冷酷无情，他给我也是这种感觉。就拿结婚这件事来说吧，圣约翰说完全是为了他的圣职，我不过是被他当作一件有用的工具，而不是为了婚配，这岂不是违背了人类的旨意？”

“简直让人无法容忍，简直是不近人情！”黛安娜愤愤地说。

我接着说：“再说，如果我成为他妻子，那会对才华横溢、崇高伟大的丈夫自然产生一种痛苦的爱情，我的整个生命与肉体都将放在那个高贵的圣坛上，他会踩踏着我的身体走向圣坛。这样的爱情，谁不害怕呢？哦，对不起，黛安娜，他回来了，我得走了。”

吃晚餐时，我再次碰到圣约翰，他和以前一样平静，仍是那种小心翼翼、彬彬有礼的态度。我想，他应该已求助于圣灵，克制住了我在他心中引起的愤怒，很明显，他再次宽恕了我。

祷告时，照例是圣约翰先为我们读经。他在朗读最后几句壮丽诗句时，露出一种平静而克制的得意之情，其中还掺杂着热切渴望的激情。他虔诚地希望给弱者以力量，给迷路人以方向，让离开正道者迷途知返，我越来越感觉圣约翰周身散发着一种强大的感染力，这种力量应该是来自他的神圣使命，来自上帝吧。

我们站起来与他道别，两位表姐吻过他之后上楼去休息，我也伸出手，祝他此行愉快。

年轻的牧师对我说：“谢谢你，简。两周后我会从剑桥返回，如果我听从自己的尊严，那么不应再提结婚的事儿，但我更得听从职责，所以把这段时间留给你思考。我的主长期受苦受难，我也会这样。所以更不能让你永堕地狱，变成受上天谴责的人。简，趁时间还来得及，忏悔吧，下决心吧。我们被吩咐白天要工作，还受到警告别忘记贪图享乐者的命运，是上帝给了你力量，让你去选择别人没法夺走的福分。”

他把手放在我头顶上，话语真诚委婉，那蓝宝石般的眼睛里正放射着一种牧师召回迷途羔羊的光芒，守护神坚守灵魂的光芒，无论是有无感情的人，无论是狂热者、追求者，还是暴君，都会受到这种目光的感染。是的，我崇敬圣约翰，崇敬他的神圣使命，在他的触摸下，我几乎就要听到宗教在呼唤、天使在招手、上帝在指挥、生命被卷起，几乎就觉得与年轻牧师的婚姻就要成真。

“你现在就能决定吗？”那个声音突然变得如此温柔，接着，他同样温柔地将我拉近。噢，这种力量比强迫更有力，更具征服。我能抵御他的愤怒，但面对这友善，我却无力奋起，只能像根芦苇一样柔顺地服从。于是，我说：“只要能说服我嫁给你确实是上帝的意志，

那我此时此刻就可以发誓嫁给你，不管以后会有什么变化。”

“我的祈祷感应啦！”圣约翰失声叫道。他的手压得更紧了，仿佛要把我完全控制。“给我指点一下、指点一下道路吧？”我祈求着，从未像现在这样激动过。整幢房子寂静无声，那一刻，蜡烛幽幽将灭，室内洒满了月光。听！那是什么，穿越山谷、穿越林木、穿越黑暗的那个声音正在狂野颤响：“简！简！简！”

哦，我找不到方向，找不到它在哪儿，房间里没有，花园里没有，空中地下头顶上都没有！它从何而来，或者为何而来？我不知道，也永远不会知道！

“简！简！简！”那声呼唤如此亲切熟悉，是爱德华·菲尔费克斯·罗切斯特的声音！我听得真真切切！我要去找它，要在茫茫黑夜中辨认它！我飞也似的跑出门外，冲进花园，大声喊着：“你在哪儿呀？你在哪儿？”

莫尔顿溪谷像是在善意地怜悯我，那些山峦将回答隐隐约约传递回来。我倾听着，风在冷杉中低吟，眼前只有荒原的孤独和午夜的沉寂。

“这不是骗局，也不是巫术，这是大自然的功劳。她苏醒了，虽然没有创造奇迹，却尽了最大努力。”我对自己说。

圣约翰追了出来：“怎么了，简，你怎么了？”

我没有理会，告诉他不要说话，我希望一个人静静待着。年轻牧师听从了，消失了。

我快步跑回卧室，跪下来，以自己的方式祈祷，焦灼地等待着明天的到来，因为我已决定回应那声狂野呼唤，去找寻消逝已久的爱人。

第三十六章
当豪宅变为废墟

天亮了。外面阴云密布，凉意袭人，细密的雨点刷刷地敲击着玻璃。我早早起了床，花了一两个小时整理完衣物和房间。推开窗户，圣约翰刚刚走出前门，他准备穿过花园，踏上荒原，走向惠特克劳斯，然后从那里搭乘马车转去剑桥。

那条小道有些曲折，雨点正不停地扑打着。“再过几小时，我也要走上这条路了。”打开门，我捡起一张刚从门缝里轻轻滑落的纸条，是圣约翰留下的，他写了几句话：

昨晚你离开得太突然了，要是肯再待一会儿，你就会把手放在基督十字架和天使的皇冠上了。我两周后回来，希望那时你已做出明确的决定。在此期间，你要留心并祈祷，不要陷入诱惑。我相信，灵是愿意的，但我也看到，肉是软弱的。我将时刻为你祈祷。

你的圣约翰

“哦。我的灵、我的肉都会坚强地去执行上帝的旨意，它们会寻找出路，冲破疑云，会找到纯净明朗的天空。”自言自语地说完，我索性将圣约翰抛到一边不去想他。

离早餐还有两个小时，为了打发这段时间，我在房间里轻轻踱着步，反复思考着自己的计划，思考着昨晚那似乎来自我心，或者来自神灵启示的声音。

我把这个决定告诉了黛安娜和玛丽，说准备去看个朋友，至少要去四天，两位表姐从平时的言谈中知道我除了她们之外没有朋友，我今天能这样说，肯定有自己的理由。真是感谢她们的宽容与体贴，给我保留隐私和自由行动的权利。于是，没有再多停留一刻，我吃过早餐就匆忙上路了。

下午四点，我已站在惠特克劳斯路标底下安静地等待马车。真是好运！碰到的竟然还是上次那辆车，希望这是个好兆头，我欢快地踏上了重回桑菲尔德府的路。

三十六个小时后，马车在一家客店门口停下。马夫告诉我，从这儿到桑菲尔德府只有两英里路，穿过一片田野就能到达。

“哦，旅程结束了。”我咕哝了一句，托管好行李箱付过车费后，一抬头，看到那家客店招牌正被阳光照射着，“罗切斯特纹章”几个金色大字熠熠生辉。这是主人的地界呀，我的心开始剧烈跳动，好像随时都能蹦出。

还是那片熟悉的田野，这与上次从这里偷跑的心情多么不同！我恣意地奔跑，几乎就要欢呼啦，真希望一眼就看到熟悉的林子，真希望看到躲藏在一棵棵树木背后的草地和小山！

当林子终于出现在我眼前时，一声嘹亮的鸦叫划破了清晨的宁静，还是白嘴鸦呢，成片成片的！此刻在我眼里，就连它们，也像是久别重逢的朋友，欢快与欣喜填满我心。那奇怪的喜悦还在不停激励着我：“快点快点，让我再快点，我第一眼看到的应该是宏伟的宅子，我还能认出主人的那扇窗户，他是伫立在窗前还是漫步在果园里？或者是行走在那条石路上？要是我能看见他该多好啊，一眼！只要一眼就足够，我准会像欢快的小鹿那样奔过去！”

沿着果园的矮墙走过去，又拐过一处墙角，那儿正好有扇门开着，门旁是两根石柱，不管站在哪根石柱后面，我都能将桑菲尔德府一览无遗。

白嘴鸦在头顶上盘旋着，它们在关注我什么呢？不会把我当作偷窥者吧？我小心翼翼地站稳、探出头。

哦！我不知道该怎么述说眼前的情景。那种感觉像什么呢？就像一位情人正蹑手蹑脚地走近躺在草地上、盖着薄纱的意中人，他本来心里抱着多么美好的遐想呀，那青碧的草地、优美的身材，那晨风吹起的芳香、薄纱飘扬的妩媚，该为他带来多少陶醉的梦想？可是为什么？为什么在揭开薄纱的那一刹那，情人会惊讶万分？为什么他要紧紧抱住姑娘的身子，拼命呼唤着？他究竟看到了什么？因为他看到他心爱的姑娘已经死去。

现在，我的感受同他一样，本以为能看到宏伟漂亮的桑菲尔德府，但眼前出现的却是一片焦黑的废墟！

不用再偷偷眺望格子窗啦，不用再倾听打开房门的声音啦，不用再想象石路上的爱人啦，桑菲尔德府只剩下贝壳似的一堵墙，高高耸立却岌岌可危，墙体上布满了没有玻璃的窗孔，草地、庭院已被踏得稀烂，想象中的屋顶、烟囱、雉堞统统不复存在！

徘徊在断垣颓壁之间，穿行于残破的府宅内层之中，我的心像是掉进了无底洞，就像沉寂、凄凉的旷野，没有方向，没有回音。我的主人、这片废墟的主人他在哪里？他在哪个国度？在谁的保护之下？他现在好吗？没有人知道答案，灰色的教堂也死气沉沉地静默着。

不行！我要赶快弄清这里发生了什么？我的爱人到底下落如何！我胡乱思索着，突然想起那家客店不是在主人的地界以内吗？这么近的距离，店主肯定知道些什么，我得去问个清楚！

回去的速度比来的速度还要快，没用多久我就赶回了小客店。店老板是个面目可亲的中年人，希望他能说点什么有用的吧，我急急祈祷着问他："你一定知道桑菲尔德府吧？"

"是的，小姐，我以前在那里待过。"

"是吗？"我有点儿不相信，因为自己从未见过他。

"我是已故的罗切斯特先生的管家。"他补充道。

"已故的！"我透不过气来，"他死了吗？罗切斯特先生死了？"

"我说的是爱德华先生的父亲。"哦，我又活过来了。真是个好消息！至少他让我知道，我的罗切斯特先生还活着！

"罗切斯特先生如今还住在桑菲尔德府吗？"我当然知道他会怎样回答，只是故意绕了个圈。

"不，小姐，那儿已没人住了，我想你应该对这里很陌生，不然你会听到去年大约在秋收的时候。桑菲尔德府全烧毁了，那是场可怕的灾

难！好像财产全烧光了，那天夜里的景象真可怕，我亲眼见过的。”

“又是深更半夜。”我喃喃着，是啊，桑菲尔德府总在夜里出事。“你知道火是怎么烧起来的吗？”我问。

“嗨！你不知道吧，小姐，听说有个疯女人就藏在那座宅子里。”

“你能详细点说吗？”

“疯女人被严加看管，刚开始人们以为她是罗切斯特先生的情妇，后来才明白她竟然是他妻子！这要从一年前发生的那桩奇怪事情说起，当时宅子里有位年轻小姐，罗切斯特先生爱上了她……”

“这段故事你另外再讲吧，现在我非常想听听关于火灾的全部情况，是不是那个疯女人和这场火灾有关？”

“你说对了，小姐，就是她！她由一位名叫普尔太太的女人看管，可这女人有个爱喝酒的毛病，那疯女人趁着普尔太太喝醉时，就从她口袋里掏出钥匙，开了门溜出房间。听说那天晚上，她给家庭教师的床上放了把火，幸亏教师不在呀，否则她可性命难保啰。女教师早在放火前的两个月就离家出走啦。尽管罗切斯特先生拼命找她，但还是杳无音讯。于是，性情本就粗暴的他变得越来越古怪，他给了管家菲尔费克斯太太一笔终身年金，并把她送到远方的朋友那儿去，把受他监护的阿黛勒小姐送进学校，他自己则与所有绅士断绝了往来，就像隐士那样成天待在屋里，闭门不出。”

“你是说他没有离开英国？”

“离开英国？哎哟，没有！他连门槛都不愿意迈出一步，怎么可能跑那么远去？小姐，你肯定没见过罗切斯特先生，他不会像有些人那样整天沉溺于喝酒、打牌、骑马，虽然貌不惊人，但他意志坚强、勇敢无畏。可就是这样一个男人，却被那小个子的家庭女教师给迷得神魂颠倒啦……”

我顾不得听他说这些，急忙将话题拉回来：“你刚才是说起火时罗切斯特先生正在家里吗？”

“当然，他就在家里。火灾发生后，他把仆人们从床上叫醒，亲自帮他们下楼，然后又返回去要把发疯的妻子弄出房间。可她不知道什么时候已经跑到屋顶上啦，就站在墙垛上，挥着胳膊大喊大叫，一英里外都听得见。我亲眼看见她，亲耳听到她的声音，她可真惊人呀！个又高，头发乱糟糟的，整个人都映着火光在飘动。我们有好几个人都亲眼看到罗切斯特先生穿过天窗爬上屋顶，在那儿大喊着“伯莎！”准备救她下来，可那疯女人，小姐，你猜怎么着？那疯女人大叫一声，纵身就跳下楼，刹那之间，她就摔在地上粉身碎骨。”

“她死了？”

“死了，那样子真是太可怕啦。”

“那后来呢？还死了别的人吗？”

“没有，不过，罗切斯特先生也就跟死了差不多。”

“你说什么？他怎么了？”我急得就差大叫了。

店老板诧异地看看我：“他瞎了，完全瞎了。”

“瞎？是怎么回事？你快点说。”

“这全怪他自己的勇气和好心肠。罗切斯特夫人摔死后，他终于下来了，可就在这时，屋顶全烧塌了，轰隆隆地掉下来，好在一根大梁护住他，没让他当场被压死。等人们救出他以后，罗切斯特一只眼球被砸出来，还有只手也被压烂了。卡特医生不得不帮他截除，他如今又瞎又残，整个人差不多就算毁了。”

店老板的故事讲到结尾处时，他告诉我，罗切斯特先生住在离此地大约三十英里的芬丁庄园里，跟着老仆人约翰一家过活。我无法再多停留一分钟，跟店老板要了辆马车接着就赶往芬丁庄园。

第三十七章

爱人，我已归来

傍晚时分，我到了芬丁庄园。

这是座破旧的老宅，昏暗的光线下，它很难跟周围的树木区别开来，房屋墙壁上长满潮湿的青苔，前面是条石子路环绕着的小片草地，没有花园，没有院门，再延伸出去就是大片黑乎乎的树林。它静得就像暗夜中的教堂，周围能听见的只有雨点落在树叶上的沙沙声。

“吱呀——”一声微弱的推门声打破了这种静谧，从狭窄的屋门里，一个人影正闪出。他站在台阶上，向前伸出只手，似乎想试试有没有下雨。尽管暮色昏暗，我还是一眼就认出了他，那是我的爱人爱德华·菲尔费克斯·罗切斯特先生！

我怔立在那里，几乎停止了呼吸。我至爱的人儿依然那么健壮，依然腰背笔直，头发乌黑。是的，任何哀伤都不可能在一年之内销蚀他强劲的力量或是摧毁他蓬勃的青春。但那面容，那正对着我的面容，为何会如此绝望而深沉？他让我想起困在笼中被残酷地割去金色双眼的雄鹰。

他走下台阶，慢慢摸索着走向那片草地，昔日雄健的步伐再也看不到了。停下来，再抬起只手，他强睁着失明的眼睛，茫然地瞪着夜空。

约翰不知从哪儿走出来，他问：“先生，大雨就要来了，要我扶你进屋吗？”

“别管我。”他生硬地回答。

约翰退回去了，他没有看见我。罗切斯特想再试着向前走走，可他对前面太没有把握了，停留了片刻，他又慢慢摸索着返回原路，进了屋。

我快步走向前敲门，约翰的妻子为我开的门。“玛丽，你好吗？”我问候着。

她吓了一大跳，就像看见个鬼似的。好不容易平静下来，她带我去见了丈夫约翰。我三言两语向他们解释完，并请约翰帮我取回放在客店的箱子。随后，我脱下帽子、披肩，等待玛丽为我准备间睡房。

这时，客厅的门铃响了。玛丽说：“是罗切斯特先生，你等等，我就回来。”她端了只托盘，将一杯水和蜡烛放入。“还是让我来吧，玛丽。”我接过托盘，向着那扇门，向着我的爱人走去。

客厅里很阴暗，那唯一的瞎眼主人正俯身向着火炉，派洛特趴得远远的，无精打采地瞪着火光。我一进门，它立即竖起耳朵，接着一跃而起，吠叫着，呜咽着，直朝我蹦过来，弄得托盘里的水杯里的水差点儿洒出来！我轻轻拍着它：“躺下！派洛特！”可怜的主人好像听见了什么，他机械地转过身来，片刻，又机械地转过头去，叹了口气：“把水给我吧，玛丽。”

我走上前，递过水杯，他好像觉察到什么，偏着头疑惑地问：“玛丽？是你吗？”

“玛丽在厨房里。”我回答。

他迅疾伸出手来，四处摸索着：“谁？这是谁？谁在和我说话？”

“派洛特认得我，约翰和玛丽知道我在这里，我今天晚上刚到。”我说。

“天啊！我是在做梦吗？什么甜蜜的疯狂迷住了我？”

“不是做梦，先生，你的头脑非常健康，不会陷入痴心梦想，你的身体十分强壮，也不会发狂。”

“是你吗，是你的声音吗？我看不见，不过我得摸一摸，不然我的心会停止跳动。我的脑袋要炸裂啦，不管你是谁，让我摸摸吧，不然我活不下去了！”

他无方向地摸索着，我抓住了那只手，双手紧紧握住它。

“是她的手指，是那纤细的手指！我还要摸摸她！”他大叫起来，那只强壮的手挣脱我，紧紧抓住我的胳膊，还有肩膀、脖子、腰，我被他紧紧搂住，紧紧贴着。

“是简！是她的小个子，是我的简回来啦！简·爱！简·爱！”他狂呼乱叫着，模样有些吓人，那只手还在忙不迭地四处摸索着：“是我鲜活蹦跳的宝贝！这是她的四肢，这是她的脸。哦！我要像梦里那样，再一次贴着她的心吻她，我要她再也不离开！”

“先生，从今天起，我永远不会离开你了。”我把嘴唇紧贴着那黯然无光的眼睛上，并拨开他额上的头发，轻轻吻着。他似乎突然醒悟，终于相信这不是梦境了。

焦灼的爱人反复地问：“真的是我的简回来啦！简，告诉我，你没有淹死在溪水底下吗？你没有憔悴不堪，流落在异乡人中间吗？”

“没有，先生。我现在完全独立了，马德拉的叔叔去世前留给了我五千英镑。”

“嘀！这可是真的？”他又喊起来，“简，你成了独立的女人？有钱的女人？”

“很有钱了，先生。要是你不让我同你一起生活，我可以紧靠你的门建造一幢房子，晚上你需要人做伴的时候，可以坐在我的客厅里。”

“可是，简，你现在有钱了，还愿意同一个瞎眼残疾人待在一起吗？”

“当然，除非你反对。我愿当你的邻居、你的护士、你的管家，我愿陪伴你、侍候你，成为你的眼睛和双手。别再那么郁郁寡欢了，我亲爱的主人，只要我还活着，你就不会孤寂。”

他叹了口气，半张开嘴，但又闭上了。我想从他的怀抱中抽出身，但只动弹了一下，又被他紧紧抓住：“不，简，你不能走！我不能让你离去，不能放弃这些快乐，我已所剩无多，简，原谅我，我得自私地拥有你。”

“你已经拥有我了，先生。”我快乐地回答，“来吧，现在该有人让你重新变回人样啦！你有没有梳子，那乱蓬蓬的头发让我想起了非洲狮子或者老鹰毛什么的，我得替你打理打理。哦，我还没注意你的指甲是不是长得像鸟爪哩？”

他又沉下脸来，从胸前抽回截肢的胳膊："你看，简，这只胳膊，既没有手也没有指甲，看上去真可怕！是不是？你看到我的胳膊和疤痕累累的面孔不会觉得厌恶吗？"

"你这样想的吗？别同我说这话，不然我会对你的判断说出不恭的话来。"我扭转身，从客厅里翻找出把小梳子，开始给他梳理那头乱发。

晚餐时，罗切斯特先生已被我收拾得干干净净，他坐在餐桌前，拼命按捺着好心情。尽管他瞎了，脸上还是浮起笑容。他大口大口吞吃着，好像从未有过如此舒心的时候。吃完饭我们又聊了很久，他开始问我很多问题，我上哪儿去了呀，干些什么呀，怎么找到他的呀等等。这些我都一带而过，因为那夜太晚啦，根本没有时间细谈。

也就是这个重逢的夜晚，让我再次深刻地感觉到，同他在一起根本不存在那种折磨人的自我克制，不需要把欢快活跃的情绪压下去。我无拘无束，我的一切言行似乎也都在抚慰着他，给他以新的生命。

第二天一大早，玛丽一下楼，我就在屋里听见门外他那迫不及待的声音："你把简小姐安排在哪间屋子？里面干燥吗？她起来了吗？去问问是不是需要什么，她什么时候下来？"

当我轻轻走下楼时，看到心爱的人已坐在餐桌旁一动不动。他那刚毅的眉宇间刻上了深深的哀愁，他的面容使人想到一盏熄灭的灯，正等待着再度点亮。唉，如今能点亮这盏生命之灯的不是他自己，而是要依靠别人了。我尽可能轻松愉快地跟他打着招呼："真是阳光明媚的早晨呢，先生，一会儿我就可以陪你去散步啦。"

罗切斯特先生整个人登时变得容光焕发："哦，我的小云雀，你真的还在！快到我这儿来吧！一小时前，我才听见一只小鸟在枝头唱歌哩，可是对我来说，它的歌声没有音乐，只有你这只小云雀才能有欢快的音乐，我能感受到所有的阳光都聚集在她身上。"

听到他如此坦率地承认自己得依赖别人，我不禁热泪盈眶。他就像是被链条锁住的一只巨鹰，竟然不得不去乞求一只麻雀为它觅食。我急急抹掉咸咸的泪水，忙着去为他准备早餐。

那天上午的大部分时间都是在户外度过的。我领着他走出潮湿荒凉的林子，来到令人心旷神怡的田野。我向他描绘田野是多么苍翠耀眼，花朵和树篱是多么生机盎然，天空又是多么湛蓝闪亮。我还为他找了个树桩当座位，待他坐定后，把我抱在膝头上。既然紧挨着比分开更愉快，我又何必拒绝呢？派洛特躺在我们旁边，四周一片寂静。

他搂着我，突然恶狠狠地发作起来："你这个小东西！知道我找不着你，发现你身无分文时，我心里有多么难受吗？我送你的那根珍珠项链，原封不动地留在小盒子里。你的箱子也留在屋子里，我的宝贝一个子儿也没有，她该怎么办呢？她都干了些什么呀？现在快讲给我听听吧。"

于是，在他的催问下，我原原本本坦白了这一年来的遭遇。在沼泽山庄的事要讲得多些，因为我不想因出走途中的饥渴难耐让他痛苦，当然，我也提到了意外出现的表哥表姐。罗切斯特先生对两位表姐倒没什么，可一听到圣约翰的名字他立刻追问不停："你老是提到圣约翰、圣约翰，看来你很喜欢他啰？"

"他是个很好的人，先生，我不能不喜欢他。"

"他什么样？有学识吗？他是不是身材矮小、迟钝平庸的人？"

我笑起来，一本正经地告诉他圣约翰的情况，还有我和圣约翰之间发生过的事，包括表哥要我学习印度斯坦语，并欲带我远行的想法。

"该死的！"罗切斯特先生在我讲这段话时，注意地听着，当我说完后，他又问了一遍："简，你喜欢他吗？"

"当然，先生，我已经回答过你了。"我看到妒嫉的毒蛇已经在攫住他，那个恶狠狠的声音又开始出现了："也许你不愿意在我膝头上坐下去了，简小姐，你可以离开我。"

"为什么？我坐这儿挺舒服的。"

"去坐到你选中的丈夫那儿去吧。"

我几乎要大笑啦，按捺住那狂躁的爱人，我说："他不是我丈夫，也永远不会是。你要明白我的心意，明白我非你莫属，现在，你还想让我离开你的膝头吗？"紧紧依着那亲爱的瞎眼主人，我感觉

到，他在微笑。

快到下午四点了，我们穿过林子走在返途中。就在这期间，罗切斯特先生向我讲述了一件非常惊异的事。

“四天以前吧，是星期一的晚上。一种奇怪的心情袭上我的心头，让我觉得悲哀代替了狂乱，忧伤代替了恼怒。我就想既然到处找不着你，那你一定已经死了。那天深夜，我坐在敞开着的窗边，痛苦又谦卑地问上帝，我那么凄凉、痛苦、备受折磨，是不是已经够久了，是不是很快就能再尝到幸福的安宁。我再也受不了啦，我内心的全部希望都在呼唤着她的名字：“简！简！简！”

有那么一小会儿，我的呼吸仿佛停止了，偏转头，我又问他：“你确定是星期一晚上将近午夜的时候吗？”

“是呀，更奇怪的是后来呢。就在我大叫你的名字时，不知道哪儿传来一声悄声细语，她也在问我‘你在哪儿呀？哪儿呀？’，现在我想起来啦，那正是你的声音！”

我惊异极了，正是那个星期一的晚上，我也接到了神秘的召唤，罗切斯特先生所说的回音正是我的回话呀，这种巧合太令人费解啦！

“我要感谢我的创造者，在惩罚我时不忘怜悯。我希望他能继续赐予我力量，让我从今以后过上比以往更纯洁、更幸福的生活。”他虔诚地说着，而后，向我伸过了手。

我握住那只亲爱的手亲吻着，并让它挽住我的肩膀，我和我的爱人一齐走向暗夜中的芬丁山庄。

第三十八章

尾声

接下来的事情很顺利，我们结了婚。婚礼并不隆重，在场的只有罗切斯特先生和我、牧师和教堂执事。

约翰夫妇非常高兴我们的结合，玛丽甚至私下对丈夫说："她脾气这么好，也许比哪个阔小姐都适合罗切斯特先生呢，她长得一点儿也不丑，在主人眼里就是个大美人哩，这谁都看得出来。"玛丽说这句话时，我刚刚从他们门前经过，温柔的笑意顿时浮现出来。

我还给沼泽山庄和剑桥分别写了信，把这里发生的一切毫无保留地告诉表哥表姐们。黛安娜和玛丽非常支持我这样做，她们说等蜜月结束后就要前来探望我们。罗切斯特先生听我念完回信后说："还是别让她们等到那个时候吧，简，我怕她会来得太晚啦，因为蜜月的清辉会照耀我们一生，它的光芒只有在你我进入坟墓时才会消退。"

圣约翰收到信后有什么反应，我不知道。因为足足等到六个月以后，我才收到他的一封来信。那封信写得很平静，没有提到罗切斯特先生，也没有提到我的婚事。之后，我们的联系也就仅限于通信了。

婚后没多久，我就去了那个小小的爱美的阿黛勒小姐寄宿的学校。小家伙见到我很开心，差点儿就要疯狂地大喊大叫啦。她看上去苍白消瘦，可能是由于学校的规章制度过于严格吧。我本来想把她带回来继续当她的家庭教师，可是后来觉得不合适，因为我的所有时间与精力都给了罗切斯特先生。我很快又给阿黛勒新找了一所环境比较宽松而且离家近的学校，她在那儿像换了个人，学习进步得很快，心情也很舒坦。当她毕业时，我发现小阿黛勒已经长成一位懂礼貌又讨人喜欢的大姑娘啦。

到现在，我和罗切斯特先生结婚已有十年啦，我认为自己幸福得难以言传。这十年，让我意识到，自己完全是丈夫的生命，他也完全是我的生命。我们就像是对方身体里的骨中之骨，肉中之肉，彼此相濡以沫，心心相印。

还有一个幸福的转变要提一下。婚后第二年年末，我正由罗切斯特先生口授写一封信时，他走过来朝我低下头说："简，你是穿件淡蓝色的衣服吗？你脖子上有一件闪光的饰品吗？"

那是我挂着的一根金表链，于是我回答："是呀。"

原来，他仅剩的那只眼好像能慢慢看清东西了，这真是个奇迹啊！于是我立即带着他去了趟伦敦，经过一位著名眼科医生的精心治疗，罗切斯特先生终于恢复了那只眼睛的视力。而且过了没有几年，我们的孩子也出生啦！当那个小小的男孩儿被紧紧抱在父亲怀里时，这位历经磨难的父亲确认自己的宝贝继承了他那双黑亮黑亮的大眼睛。此时此刻，他又一次甘心地承认上帝已仁慈地减轻了对他的惩罚。

我们的幸福感染着身边的亲人，两位表姐也都各自有了一段美好姻缘：黛安娜的丈夫是菲茨詹姆斯上校，一位英武的海军军官；玛丽的丈夫是沃顿牧师，也是她哥哥大学里的朋友。两对夫妻也像我和罗切斯特先生一样互相深爱着对方。

我的那位圣约翰表哥去了印度后一直没有结婚，也永远不会结婚了。我最近收到了他寄来的最后一封信，这封信让我流下世俗的眼泪，也使我心中充满神圣的欢乐。他在信中告诉我，他一生为之奋斗的传教事业有了继承者，他一生辛劳的工作已谋得不朽的桂冠。哦，这位善良而忠实的仆人即将被召去享受主的欢乐。收起信，我轻声祈祷：愿你安息，我的哥哥。

简·爱

Jane Eyre

- 特邀审校：雪　静
- 文图统筹：孙　洋
- 封面设计：夏　鹏 罗　雷
- 版式设计：孙阳阳
- 美术编辑：唐伟栋
- 插图绘制：书友传媒